AF430201

RIESIG X2

EINE ZWILLINGS-ROMANZE

Stephanie Brother

Copyright © 2016 Stephanie Brother

Translation Copyright © 2020 Stephanie Brother

Alle Rechte vorbehalten. Dieses Buch oder Teile davon dürfen ohne ausdrückliche Genehmigung des Verlags weder reproduziert, noch in irgendeiner Weise verwendet werden, mit Ausnahme von kurzen Zitaten in Buchbesprechungen.

Dieses Buch ist ein Werk der Fiktion. Jegliche Ähnlichkeiten mit lebenden oder toten Personen oder mit Orten oder Ereignissen sind rein zufällig. Alle Personen wurden von der Autorin erfunden.

Bitte beachten Sie, dass dieses Buch nur für Erwachsene über 18 Jahre gedacht ist und dass alle Charaktere in diesem Buch als 18 Jahre oder älter dargestellt werden.

ISBN: 9798617724341

INHALTSANGABE

1

DOPPELTE SCHWIERIGKEITEN

Wenn mich Leute fragen, ob ich Geschwister habe, sage ich normalerweise nein; dann fallen mir Ethan und Nathan ein und ich laufe rot an, weil ich mich über meinen Fehler ärgere. Es ist nämlich so, dass ich ein Einzelkind war, bis ich neunzehn Jahre alt wurde. Deshalb ist es seltsam, plötzlich zwei große Stiefbrüder und einen ganz neuen Status als kleine Schwester zu haben.

Sie nennen mich 'Kleine'. Manchmal auch 'Zwerg'. 'Mini' sagen sie auch ganz gerne zu mir. Und Peanut. Ganz egal, welchen Namen sie mir geben - ich hasse ihn. Diese ganze Neckerei ist etwas völlig Neues für mich und am Anfang konnte ich überhaupt nicht damit umgehen. Mädchen, die mit echten Brüdern aufwachsen, sind von Geburt an abgehärtet. Ich hatte das Vergnügen, es als Erwachsene lernen zu müssen.

Nach einem Jahr habe ich mich an die Sticheleien

gewöhnt, aber nicht an ihre Größe. Mit einem Meter sechzig bin ich zwar nur etwas kleiner, als die Durchschnittsfrau, aber Ethan und Nathan sind riesige Männer, die mich mit einem Meter fünfundneunzigeinhalb um einiges überragen. Sie betonen gerne den halben Zentimeter, als würde es nicht reichen, dass sie mich sowieso mit dreißig Zentimetern übertreffen. Manchmal habe ich das Gefühl, dass sie genauso breit wie groß sind, mit ihren übertriebenen Schultern und der trainierten Brust. Sie sind hügeliger als ein Nationalpark. Und ihre Oberschenkel. Oh Gott, ihre Oberschenkel sind einfach so massiv und muskulös, dass ihre Hosen so aussehen, als würden sie jeden Moment platzen.

Habe ich schon erwähnt, wie wahnsinnig gut sie aussehen? Wenn ich ihnen im Flur über den Weg laufe, muss ich mich an die Wand lehnen. Nicht nur, weil sie scheinbar überall, wo sie sind, den meisten Platz einnehmen, sondern auch, weil sie dieselbe Wirkung auf mich haben, wie die Scheinwerfer eines vorbeifahrenden Autos; solange ich sie anstarre, bin ich wie benommen und auch noch ein paar Augenblicke danach.

Meine Freunde sind alle rasend vor Eifersucht. "Ich kann nicht glauben, dass du dir ein Haus mit den Stanmore Zwillingen teilen darfst", sagen sie. Sie haben die Gerüchte über die beiden auch gehört. Darüber, wie groß die Dinge sind, über die ich nichts wissen sollte und wie gut sie sie einsetzen. Es gibt auch dunklere Geschichten, die mich nachts wachhalten. Offenbar teilen sie gerne - und ich spreche hier nicht von den KFC-Family-Buckets.

Ich schweige, wenn Katelin und Abigail über sie reden. Ich lasse mich nicht auf die Spekulationen darüber ein, wen sie vögeln und wie es sich anfühlen muss. Stattdessen erzähle ich meinen Freunden von all den nervigen Dingen, die damit einhergehen, dass sie bei mir wohnen: dass ihre Schuhe wie eine Reihe Kanus vor unserer Haustür stehen und dass ich nie etwas zu essen in den Schränken finde, weil sie alles essen, was ihnen in die Finger kommt.

So sehr ich mich auch über sie beschwere, insgeheim habe ich sie doch gerne um mich. Es war ziemlich langweilig bei mir zuhause, als es nur Mama und mich gab. Jetzt habe ich einen Stiefvater, der unglaublich lustig ist, und ein Haus, das immer voller Menschen ist. Wir veranstalten Grillfeste und Filmabende, und alles macht viel mehr Spaß als früher.

Deshalb ist mein Geheimnis irgendwie schlimm. Darum habe ich es niemandem erzählt, nicht einmal meiner besten Freundin Katelin. Es ist nicht so, dass sie besonders wertend oder prüde oder so etwas wäre. Es ist nur so, dass erstmal jeder schockiert wäre, wenn er erfahren würde, dass man sich in seine Zwillingsstiefbrüder verliebt hat. Ich meine, was denke ich denn, wie das laufen soll? Zum einen sind sie zwei Jahre älter und haben ständig unglaublich heiße Mädels um sicher herumschwirren, wie Fliegen auf einem Misthaufen. Zum anderen scheinen sie zu glauben, dass ich nur als ihre Unterhaltungsquelle zur Verfügung stehe. Und drittens, und das ist das Wichtigste, sind sie Zwillinge.

Sie sind zu zweit.

Habe ich erwähnt, dass sie Zwillinge sind und nicht nur eine Person?

Ich wünschte, sie wären nur eine Person.

Manchmal stelle ich mir vor, dass ich mich mitten in der Nacht in ihr Zimmer schleiche und mit meiner imaginären Superkraft einen von ihnen nehme und ihn in den anderen schiebe, wie menschliche russische Puppen. Aber dann frage ich mich, in welchen von beiden, ich den anderen stecken würde und was das bedeuten würde. Wenn ich mich dafür entscheide, Ethan in Nathan hineinzustecken, würde mir dann der quirlige Eth oder der kuschelige Nath bleiben? Meine Phantasien verheddern und verkomplizieren sich mit meinen Gefühlen, weil ich nie zwischen ihnen wählen könnte, nicht einmal in meinen Gedanken.

Es ist Samstagabend, und ich sollte unterwegs sein und Spaß haben. Ich würde die Idee, mit meinen Freunden in eine Bar zu gehen, gerne reizvoll finden. Ich bin seit zehn Monaten Single, im Grunde genommen seit mir klar geworden ist, dass ich mir bei jedem Kuss mit meinem Freund andere Gesichter vorgestellt habe. Katelin hat mich damit genervt, mehr auszugehen. Ich glaube, sie denkt, dass ich deprimiert bin. Ich weiß, dass sie sich über meine abnormale Abneigung gegen soziale Kontakte Sorgen macht, aber ich finde die Aussicht, mit anderen Männern auszugehen und mit ihnen zu reden, einfach nicht ansprechend. Ich möchte mich in meinem Wohnzimmer ausruhen und hoffe, dass Ethan und Nathan vom Training müde sind und zu mir kommen, um mit mir abzuhängen. Sie wollen immer nur Sport schauen und beschweren sich, dass ich immer nur Filme sehen will. Als sie schließlich meiner weiblichen Masche nachgeben - schmollen, beleidigt sein und drohen, sie in ihre zarten Stellen zu treten - gesellen sie sich zu mir auf die Couch für einen 80er-Jahre-Teenagerfilm-Marathon. Ich halte das Popcorn in der Hand, weil sie nach 17 Uhr keine Kohlenhydrate mehr essen, und sie geben lustige Kommentare zur Mode und den Frisuren ab. Deshalb weiß ich, dass sie The Breakfast Club und St. Elmo's Fire genauso lieben wie ich - von "Pump up the Volume" will ich gar nicht erst anfangen. Christian Slater ist der Beste.

Wie auch immer, ich schweife ab - irgendwie.

Hier bin ich also allein auf der Couch.

Irgendwie scheint mein Plan in zwei sehr wichtigen Punkten zu scheitern: kein Nathan und kein Ethan. Und Pretty in Pink jetzt anzufangen, wenn ich allein bin, scheint eine so traurige, bedauerliche Verschwendung zu sein.

Mein Handy klingelt, und Katelin ruft mich an, um mir zu sagen, dass ich mich mit ihr in ihrer Lieblingskneipe treffen muss. An dem Geräusch im Hintergrund kann ich erkennen, dass es eine gute Nacht wird. Es liegt mir auf der Zunge, ihr abzusagen, aber als sie anfängt, alle Leute aufzulisten, die da sind, einschließlich meiner Stiefbrüder, wird aus dem nein ein etwas zu enthusiastisches JA.

2

ZWILLINGSPROBLEME

Innerhalb von dreißig Minuten bin ich aus dem Haus, geduscht, perfekt herausgeputzt und aufgeregt wie ein Kind am ersten Schultag.

Aber als ich in mein Auto schlüpfe und sehe, wie kurz mein Kleid tatsächlich ist, komme ich mir blöd vor.

Sich zu verkleiden, um einen Mann zu beeindrucken, ist eine Sache. Es zu tun, um seine Zwillingsstiefbrüder zu beeindrucken, ist eine ganz andere. Ich atme ein paar Mal tief durch und starte den Motor, während ich mir eine Reihe von Gründen für meinen Ausgang vorlüge. Ich habe Katelin seit Wochen versprochen, mit ihr auszugehen. Es ist normal, dass ein Mädchen in meinem Alter ausgehen will, um zu feiern. Es ist völlig normal, dass Mädchen, die in Bars gehen, knappe Kleidung tragen. Ethan und Nathan sind nur ein Bonus. Zwei riesige, großartige Boni.

Mein Herz hämmert, als ich durch die Tür vom Red

Devil gehe. Ein alberner Name für eine Bar, aber es ist der Signature-Cocktail des Besitzers, also passt er wohl. Ein tödliches Gemisch ist das. Ich schätze, dass ich deshalb direkt zur Bar gehe und mir einen bestelle, um mich umzusehen und Katelin zu finden. Ich sehe sie auf der anderen Seite der Tanzfläche, wie sie mit Bryan, einem Freund der Zwillinge, spricht. Er ist süß, und Katelins Grinsen verrät mir, dass sie sich amüsiert. Ich brauche nicht weiter zu suchen, um die Zwillinge zu finden. Sie sind einen halben Kopf größer als die meisten hier, ihre hellbraunen Haare ändern ihre Farbe mit jedem Flackern der Disco-Lichter. Sie scheinen sich miteinander zu unterhalten, und ich lache. Sie verbringen so ziemlich ihr gesamtes Leben in der Gesellschaft des jeweils anderen und trotzdem gehen ihnen die Gesprächsthemen noch nicht aus. Der Barmann schiebt mir meinen Drink zu und ich übergebe ihm das Geld. Als er mit meinem Wechselgeld zurückkommt, habe ich das Glas bereits geleert.

Der Alkohol liegt mir heiß und kalt im Magen und ich warte eine Minute, bis ich spüre, wie die Wärme in meinen Kopf schießt. Ich beobachte sie durch die Menge und erhasche nur flüchtige Blicke auf ihre Gesichter, aber das reicht aus, um mich verdammt heiß zu machen.

Ich bin ein Sünder. Ein verzweifelter Sünder, weil ich mir Nathans Hände auf meinen Brüsten und seine Zunge in meinem Mund vorstelle. Noch schlimmer, wegen der Bilder von Ethan, der sich auf meinen Rücken drückt, seine Finger zwischen meine Beine schiebt und zusieht, wie sein Bruder meine Brüste knetet.

Ich weiß nicht, wie mich meine zittrigen Beine über die Tanzfläche tragen, aber irgendwie finde ich mich inmitten meiner Gruppe von Freunden wieder. Katelin quietscht und zieht mich für eine Umarmung an sich heran, als wäre ich eine lange verlorene Freundin, die sie seit Jahren nicht mehr gesehen hat, und nicht ihre beste Freundin, die sie ein paar Stunden zuvor im College gesehen hat. Ich schätze, meine Abwesenheit unter Leuten hat mehr Auswirkungen gehabt, als ich dachte. Bryan gibt mir ein höfliches Küsschen auf die Wange, und Katelin zwinkert mir zu, während er sich zurückzieht. Ich kenne den teuflischen Blick in ihren Augen nur zu gut. Sie ist ein Mädchen auf einer Mission.

Abigail ist auch da, und Kathleen. Wir alle umarmen und begrüßen uns und es fühlt sich gut an, unterwegs zu sein. Nachdem ich alle meine Freundinnen abgearbeitet habe, drehe ich mich um und finde zwei blaue Augenpaare und zwei dazugehörige Grinsen, die direkt auf mich gerichtet sind.

"Peanut, du bist ja auch hier", sagt Ethan, und ich blicke finster drein.

Nathan schlägt seinem Bruder auf die Schulter. "Alter, hör auf damit. Du weißt, dass sie diesen Spitznamen hasst."

Ethan grinst.

"Komm her, Winzling", sagt Nathan. "Gib uns etwas Liebe." Sein Lachen ist laut, während meine Miene wieder finster wird.

"Fick dich", sage ich und stampfe weg, obwohl ich genau da bin, wo ich sein will.

"Ah, sei doch nicht so, Carrie." Nathan greift meine Hand und dreht mich herum. "Wir sind froh, dass du gekommen bist. Du hast dich so lange zu Hause versteckt, dass wir schon befürchtet haben, dass du ein Mönch wirst."

"Frauen können keine Mönche sein", verspotte ich ihn empört.

"Äh... ich glaube schon, Zwerg", sagt Ethan und nimmt meine andere Hand.

Ich schaue sie böse an, während sich die Hitze von ihren Händen über meine Arme bis in alle meine weiblichen Körperteile ausbreitet. "Gehen euch die Spitznamen für mich aus, Jungs? Denn wenn nicht, gehe ich nach Hause in meine heilige Meditationsstätte."

"Auf keinen Fall", sagen sie unisono. "Jetzt, wo wir dich rausgelockt haben, lassen wir dich nicht mehr entkommen."

Ethan dreht sich um und zieht mich zur Tanzfläche, während Nathan hinter mir herläuft. Ihre Hände sind riesig, umhüllen meine und halten sie fest genug, so dass ich weiß, dass es sinnlos für mich ist, zu versuchen, zu entkommen.

Die Musik hat einen verrückten, pulsierenden Beat, den ich in meinen Knochen spüre, und Ethan ist der erste, der zu tanzen beginnt. Ich schaue zu meinen Freunden hinüber, die sich anscheinend alle mit den Zwillingen verbündet haben. Ich will nicht tanzen, aber wenn ich versuchen würde zu fliehen, wäre ich irgendwo das dritte Rad.

Ich glaube, Nathan sieht, worüber ich nachdenke und kommt näher an mich heran. "Denk nicht einmal daran", sagt er und beugt sich zu mir herunter, damit er mir direkt ins Ohr sprechen kann. Seine Stimme ist so heiser und sein Atem so heiß an meinem Hals, dass ich spüre, wie meine Beine wacklig werden. "Tanze einfach, Carrie. Ich weiß, dass du wahrscheinlich alle deine Moves verlernt hast, weil du in letzter Zeit Winterschlaf gehalten hast, aber ich weiß, dass du sie mit etwas Übung wieder lernst."

Ethan grinst, als ich nachgebe, meine Hände in die Luft schmeiße und mich von der Musik treiben lasse. Die Zwillinge sind gute Tänzer und sie bleiben dicht bei mir, sodass ich zwischen ihnen tanze. Gelegentlich streift meine Schulter einen ihrer Arme oder mein Hintern kommt mit einem ihrer Oberschenkel in Berührung, und ich will meinen Körper am liebsten auf eine unanständige Weise an sie pressen. Und obwohl es so falsch ist, tanze ich auf eine Weise, die viel zu sexy ist. Der Stoff meines Kleides ist so dünn, dass ich jede ihrer Berührungen an mir spüre. Der Stoff arbeitet sich bei der Bewegung auf meinen Oberschenkeln nach oben. Als ich Ethan in die Augen blicke, glaube ich, einen Funken der Begierde zu sehen. Seine Augenlider sehen schwer und seine Pupillen dunkel aus. Ich drehe mich um, sodass er hinter Nathan steht und ich davor, aber es ist nicht besser. Sein Gesichtsausdruck ist hungrig. Oh Gott, sie scheinen näher zu kommen, bis ich mit jedem Beat der Musik einen oder beide berühre. Die blinkenden Lichter lassen alles noch wilder erscheinen. Ich möchte, dass ihre Hände auf mir liegen, meine Kurven streicheln, mir an den Haaren ziehen, damit ich wehrlos bin, aber ich kann es nicht, und trotz der Hitze in ihren Blicken gehen sie nicht weiter. Gerade als es sich anfühlt, als würde ich vor lauter Sehnsucht verbrennen, wechselt der DJ die Musik, und die Menge beginnt, sich aufzulösen. Es ist, als würde man aus einem tiefen Schlaf geweckt. Ich erwische Nathan, wie er den Kopf schüttelt, als ob er seine Gedanken frei machen müsste. Mir geht es genauso. Ethan hustet hinter mir und sagt: "Möchte jemand einen Drink?", und das ist meine Gelegenheit. "Ich muss auf die Toilette", sage ich mit schwacher Stimme und gehe hinüber zu den Toiletten.

Hier ist eine lange Schlange und ich tippe von einem Fuß auf den anderen und versuche verzweifelt, in eine Kabine zu kommen, damit ich mich beruhigen kann. Drei Türen öffnen sich, ich stürze mich in eine, schließe die Welt aus und drücke meinen Rücken und meine Handflächen gegen die Tür.

"Scheiße", murmle ich. "Scheiße, Scheiße, Scheiße." Das war so dumm. Eine lächerliche Show in einem Raum voller Fremder und ungefähr allen unseren Freunden. Was zum Teufel müssen die alle jetzt denken? Die Berührungen und das Grinsen grenzten an Pornographie. Was müssen die Zwillinge von mir denken, wenn ich so zwischen ihnen hin und her tanze? Und warum haben sie sich so eng aneinander gedrängt?

Ich atme tief durch und seufze vor Verlegenheit. Wahrscheinlich amüsieren sie sich nur betrunken und haben keine Ahnung, dass ihre Stiefschwester so viele unpassende Gedanken über sie hatte.

Jemand rüttelt an der Tür, und ich rufe, dass ich fast fertig bin. Ich spüle ab, obwohl ich die Toilette gar nicht benutzt habe, und gehe raus, um mir die Hände zu waschen. Das kühle Wasser aus dem Wasserhahn ist beruhigend, aber als ich mich im Spiegel betrachte, bin ich fassungslos darüber, wie gerötet meine Wagen und wie wild meine Augen aussehen. Ich sehe so erregt aus. Ich fühle mich so erregt, als ob alle meine Nervenenden bereit sind zu feuern. Alles, was sie brauchen, ist eine winzige Berührung, und ich würde wie eine Rakete losgehen.

"Carrie, da bist du ja", ruft Katelin hinter mir. "Wo warst du denn?"

"Einfach nur tanzen", ich greife nach einem Papiertuch, um meine Hände abzutrocknen.

"Mit wem?"

"Mit den Zwillingen." Ich versuche, gelassen zu klingen, aber so kommt es nicht rüber.

"Du Glückspilz!"

" Es sind meine Stiefbrüder", sage ich mit so viel Entrüstung, wie ich nur kann.

"Ach, komm schon. Stiefbruder oder nicht, du weißt genau, wie heiß sie sind. Hast du gesehen, was sie anhaben? Diese T-Shirts und Jeans überlassen wirklich nichts der Fantasie."

"Sie kleiden sich immer gut."

"Ich wette, du siehst sie immer in viel weniger Klamotten, nicht wahr?"

"Ich schätze schon", sage ich. Ich schaue nach unten und sehe, dass sich das Papierhandtuch, das ich in der Hand halte, in ungefähr eine Million Stücke aufgelöst hat. Katelin bemerkt es und runzelt die Stirn.

"Geht es dir gut, Carrie? Du wirkst nervös oder so."

"Alles gut. Lass uns was trinken gehen."

"Ich glaube, ich habe für heute Abend genug Alkohol getrunken. Ich muss morgen früh fit sein. Und wenn Nathan und Ethan in der Stimmung zum Tanzen sind, werde ich vielleicht einfach auf die Tanzfläche gehen und ein bisschen Spaß haben."

Ich seufze innerlich bei dem Gedanken, dass sich die Zwillinge und meine beste Freundin in ein Katelin-Sandwich verwandeln. Ich hasse die Vorstellung, dass sie durch den Tanz mit ihr erregt werden könnten oder dass ich in ihren Augen denselben Hauch von Lust sehen könnte, wie den, als sie mit mir getanzt haben. Das

Problem ist, dass ich es nicht riskieren kann, noch einmal mit ihnen zu tanzen, wenn Katelin zusieht. Ich weiß, dass sie die Dinge so sehen wird, wie sie sind, und dann wird es pausenlos Fragen geben, und ich will sie nicht anlügen müssen, wenn sie die Wahrheit gesehen hat. Etwas Abstraktes zu leugnen ist eine Sache. Etwas Offensichtliches zu leugnen, ist eine ganz andere.

"Ich gehe zur Bar. Soll ich dir eine Cola holen?" frage ich in der Hoffnung, dass sie mit mir kommt.

"Nein... ich habe schon getrunken wie ein Fisch. Ich gehe zurück an unseren Tisch."

"Oh, okay." Ich drücke die Tür auf und schiebe mich durch den belebten Flur, bis ich am Rand der Tanzfläche angekommen bin. Der DJ spielt ein paar tanzbare Lieder und die Menge tobt. Ich halte nach den Zwillingen Ausschau, aber ich sehe sie nicht mehr tanzen. An den Tischen sehe ich sie auch nicht mehr. Ich gehe zur Bar und brauche dringend noch einen stärkenden Drink. Gerade als ich mich über die Bar lehne, um dem Barmann zu sagen, dass ich einen doppelten Wodka und eine Cola möchte, fühle ich, wie sich zwei Körper eng an mich drängen, einer auf jeder Seite. Ich weiß, wer es ist, bevor ich nachsehe. Sie werfen identische Schatten auf die Bar und riechen auch gleich gut.

Nathan lehnt sich herunter, um mir ins Ohr zu flüstern. "Hier bist du also."

"Warum trinkst du Doppelte, Carrie?" fragt Ethan und klingt besorgt.

"Ich hatte einfach Lust, mich etwas aufzulockern", sage ich.

"Du bist doch schon locker." Nathan streicht mir über die hellbraunen Haare, die in Wellen auf meinem Rücken liegen. Seine Berührung ist sanft, fühlt sich aber besitzergreifend an, und das lässt mich erschauern. Aber es ist einfach nur 'brüderliche' Besitzergreifung, nicht wahr? Mein Zittern ist eine so dumme, peinliche Reaktion darauf.

"Es ist also nichts los?" fragt Ethan, ernsthaft. "Wir haben uns Sorgen um dich gemacht. Du willst nie rauskommen und jetzt, wo du hier bist, willst du dich in die Vergessenheit trinken."

"Ich war einfach nur müde und habe mich auf meine Arbeit konzentriert."

"Es ist mehr als das." Ethan kneift seine scharfsinnigen Augen zusammen, als ob ihm das helfen würde, tief in meine Seele und die dort schwelenden Lügen zu blicken.

"Mir geht es gut", sage ich, aber es klingt eher nervös als sauer. Er leckt sich die Lippen, während er mich ansieht und ich wende mich an Nathan und sehe, wie er mit demselben besorgten Ausdruck auf mich herabblickt.

"Solange es dir gut geht, geht es uns gut", sagt er leise. Er schaut Ethan an und sie scheinen ein Gespräch ohne Worte auf diese nervige Art zu führen, die nur Zwillinge zu bewältigen scheinen.

Der Barmann kommt mit meinem Drink zurück, Ethan greift danach und nimmt einen langen Schluck. "Hey, das ist meiner!" rufe ich empört. Er reicht ihn seinem Bruder über meinen Kopf hinweg und er nimmt auch einen Schluck. "Ich teile nur den Spaß", sagt Nathan und reicht mir schließlich den halb leeren Drink. Ethan bezahlt und ich sehe meine halbe Portion niedergeschlagen an. Soviel zu meinem Versuch, mir Mut anzutrinken.

Weil ich sauer bin, dass sie mich bevormunden, nehme ich den Strohhalm in den Mund und trinke alles in einem Zug aus. Dann stelle ich das Glas geräuschvoll auf die Bar.

Ich wische mir mit dem Handrücken die Lippen ab, mit einer Geste, die hoffentlich sagt: "Legt euch nicht mit mir an, Jungs." Ich schaue auf und sehe Nathan halb grinsend und halb stirnrunzelnd, als würde er mich nervig und gleichzeitig süß finden. Gerade als ich etwas sagen will, legt er den Finger auf die Lippen, um mir anzudeuten, dass ich still sein soll. Dann streckt er seine Hand aus und streicht mit dem Daumen über meine Unterlippe. Das ist keine sanfte Liebkosung, sondern eine feste Berührung, die meine Lippen öffnet. Seine Augen sind auf meinen Mund gerichtet und mein Herz schlägt plötzlich heftig. Mehr braucht es nicht. Nur ein Finger, der meine Haut berührt und schon fange ich an zu brennen. Bevor ich weiß, was ich tue, berührt meine Zunge seine Haut. Scheiße. Es fühlt sich so sexuell an, als würde er sich in meinen Mund drücken, damit ich an ihm sauge. Oh Gott, ich will an ihm saugen. Ich will wissen, wie er schmeckt.

"Du hast deinen Lippenstift verschmiert", sagt er heiser. Seine Lider sind schwer, als ich von meinem sexuellen Dunstschleier aufwache und merke, dass er mit mir spricht. Ich antworte gefühlt stundenlang gar nicht. Meine Lippen sind immer noch geöffnet, schmollend, als wären sie angeschwollen vom Küssen. Ich weiß, dass ich etwas sagen muss. Er wartet darauf, dass ich antworte. Es fühlt sich an, als könnte ich nicht sprechen. Dann räuspert sich Ethan hinter uns, und plötzlich bin ich wach.

"Ich gehe Katelin suchen", sage ich und will zwischen ihnen herlaufen, aber Nathan versperrt mir den Weg.

"Komm und tanz mit uns", sagt er.

"Ich habe keine Lust zu tanzen", sage ich und lege meine Hand auf meinen Bauch, wo derzeit zehntausend Schmetterlinge eine Party feiern. Ich glaube, ich habe noch nie einen Satz gesagt, der weniger wahr ist als mein letzter. Wenn ich den Rest meines Lebens damit verbringen könnte, etwas zu tun, dann wäre es das Tanzen mit den Zwillingen. Naja, eigentlich würde ich viel mehr mit den Zwillingen tun, aber Bettler dürfen bekanntlich nicht wählerisch sein.

"Du lügst", sagt Ethan nahe an meinem Ohr, und ich schwinge herum, wobei ich aus Versehen fast meine Lippen gegen seine presse. Ich ziehe mich zurück, als wäre ich gestochen worden, und er grinst. "Komm und tanz mit uns, Carrie. Es wird Spaß machen."

Seine wunderschönen Augen funkeln vor Licht und Unheil, und ich fühle mich wie hypnotisiert. Ich bin wie Mogli vor der Dschungelbuch-Schlange. Aber anstatt "du wirst gaaanz müde" zu sagen, scheinen mich seine Augen zu zwingen, mich in Gefahr zu stürzen. Mehr Tanzen bedeutet mehr Versuchung. Mehr Gefahr, dass ich mich selbst vergesse und noch mehr Aufsehen erregt wird als beim letzten Mal. Ich sollte nein sagen, aber mein Mund ist mit Baumwolle, und mein Kopf mit Sägemehl gefüllt, und Ethan lächelt nur und führt mich an der Hand zurück auf die gefährliche Tanzfläche des Verderbens.

Er dreht mich herum und legt seine Hände auf meine Hüften und die Musik ist hypnotisierend. Nathan ist uns gefolgt, und er tanzt vor mir, und ich weiß nicht, was ich mit meinen Händen machen soll oder wohin ich schauen soll. Als ich aufblicke, sind da seine schönen blauen Augen, die seltsame, verwirrende Dinge zu sagen scheinen. Als ich tiefer blicke, sehe ich seine Brust, die mich in die Knie zwängt. Tiefer und... verdammt... ich schaue ihm auf den Schritt und er beobachtet mich. Meine Wange brennen vor Verlegenheit und mein Kopf ist benebelt von

Hormonen, Lust und Alkohol. Ich kann durch den ganzen Nebel nicht klar denken. Und dann, wie durch Zauberei, erscheint Katelin und fügt sich in mein unnatürliches Dreieck ein. Ich wusste nie, dass es möglich ist, so viel Erleichterung und so viel Unmut auf einmal zu empfinden. Ich weiß, warum sie hier ist, und ich möchte ihr bei dem bloßen Gedanken die Augen auskratzen. Aber ich weiß, dass das nicht fair ist. Ich habe keinen Anspruch auf meine Stiefbrüder, und sie hat keine Ahnung, wie ich mich fühle. Ich drehe mich aus Ethans Griff heraus und lehne mich hinüber, um meine Freundin zu umarmen, weil sie mich aus Versehen gerettet hat. Sie umarmt mich zurück, und wir lachen. Dann tanze ich mit ihr und die Zwillinge tanzen mit uns und die ganze Intensität ist plötzlich zerstreut.

Wir bleiben mindestens drei Lieder lang so und bis dahin strahle ich und lächle. Ich fühle mich besser, weil ich Spaß habe. Ich fühle mich besser, weil ich Zeit mit Ethan und Nathan verbringe, während ich nicht ununterbrochen an Sex denken muss. Katelin flirtet auch nicht wirklich mit ihnen und die Dinge fühlen sich einfach normal an.

Normal ist das, was ich brauche. Auf jeden Fall. Ganz sicher. Aber es ist nicht das, was ich will.

3

SCHLÜSSELLOCH-BEICHTEN

Der Abend geht weiter mit mehr Alkohol und mehr Spaß beim Tanzen. Unsere anderen Freunde gesellen sich zu uns und ich habe so viel Spaß, dass ich die Zeit gar nicht merke. Es ist Nathan, der meine Hand ergreift und mir sagt, dass wir nach Hause gehen sollten. Seine Augen sind weich, während ich auf den Fersen taumelnd probiere, mich auf den Beinen zu halten und mich stützend gegen seine Brust lehne.

"Komm schon, Peanut", lacht er. "Ich glaube, du hattest genug Spaß."

"Unmöglich", lalle ich. "Ein Mensch kann nie genug Spaß haben."

"Okay, Zwerg", flüstert Ethan mir von hinten ins Ohr. "Wie du meinst."

"Du bist süß, wenn du betrunken bist", lacht Nathan und führt mich zu der Stelle, wo sie ihre Jacken abgelegt haben. Wir machen uns fertig, und Katelin plaudert mit rasender Geschwindigkeit mit mir über das College und ein Projekt, das wir abgeben sollen, aber ich kann nur an mein warmes Bett und das Kissen denken, das meinen Namen zu rufen scheint. Ich bin so erschöpft, dass ich mich auf dem Weg nach draußen auf Nathan stütze. Mein Auto steht auf dem Parkplatz, aber ich habe zu viel getrunken, um damit nach Hause zu fahren. Ein Freund der Zwillinge ist der Fahrer und wir schlüpfen auf den Rücksitz seines Geländewagens. Er ist geräumig, aber irgendwie scheint Nathans Oberschenkel einen Weg zu finden, sich gegen meinen zu drücken, und Ethan legt seinen Arm so über die Rückenlehne, dass es so aussieht, als ob er seinen Arm um mich legt.

Mein Kopf fühlt sich warm und verschwommen an, so dass ich, als ich meine Hände auf ihre Knie lege und sie sanft drücke, nicht merke, wie provokativ das sein könnte, bis es zu spät ist. Beide scheinen sich unter der Berührung zu versteifen und ich ziehe meine Hände zurück und lege sie gesittet in meinen Schoß. Hinten im Auto scheint es plötzlich enger zu werden, als ob die Türen nach innen gedrückt werden und ich von allen Seiten von Männern bedrängt werde. Im SUV sind vier bei mir; meine Stiefbrüder, Bryan und Royce. Zwischen ihnen findet eine Unterhaltung statt, über einen Quarterback, zwei Stripperinnen und so viele Blow-Jobs, die eine ganze Elefantenherde umhauen könnten. Bryan lacht und meint, dass wohl einige Kerle das gesamte Glück abbekommen. Royce lacht auch. Die Zwillinge sind aber ruhig, und ich frage mich, warum. Das ist ein Männergespräch. Normalerweise stehen sie im Mittelpunkt des Geschehens. Ich frage mich, ob die Gerüchte wahr sind. Hatten sie einen Dreier? Oder einen Vierer. Ich bin keine Jungfrau, aber Gruppensex ist etwas ganz anderes. Eine ganz andere Sache, die ich nie in Betracht gezogen habe, bevor ich sie kennen gelernt habe. Eine ganz andere Sache, von der ich mir allmählich wünsche, sie wäre mir nie in den Sinn gekommen, denn jetzt bin ich hier, unfähig, an etwas anderes zu denken. Wenn ich es jemals schaffe, sie aus meiner Fantasie und meinem Herzen zu verbannen und eine normale Beziehung führen kann, wie soll dann der Blümchen-Sex jemals mit dem mithalten können, was ich mir mit Nathan und Ethan vorgestellt habe? Wie wird irgendjemand anders eine Chance haben, dem nahe zu kommen, was ich mir mit ihnen vorstelle?

Ich schaue aus dem Fenster und versuche, Ethans markantes Profil und die Tatsache zu ignorieren, dass zumindest einer seiner Finger jetzt auf meiner Schulter zu liegen scheint. Mein ganzes Nervensystem hat sich auf diesen einen winzigen Kontaktpunkt konzentriert, der wahrscheinlich zufällig ist. Er kann doch nicht wirklich meinen Hals streicheln wollen, oder?

Die Nachbarschaft huscht in einem Gewirr von grauen von gelben Straßenlampen beleuchteten Gebäuden vorbei. Wir sind jetzt nicht mehr weit von zu Hause entfernt und mein Herz scheint mit jedem zurückgelegten Kilometer schneller zu schlagen. Ich muss aus diesem Fahrzeug aussteigen. Ich muss in die Unantastbarkeit meines Zimmers gelangen und herunterkommen. Vielleicht gucke ich mir den Magic Mike XXL-Film an, in dem Channing Tatum ein Haus voller Frauen unterhält. Ich brauche etwas ganz Besonderes, um mich heute Abend von den Zwillingen abzulenken.

"Geht es dir gut?" sagt Nathan leise, und ich springe

auf den Klang seiner Stimme an. "Dir ist doch nicht etwa schlecht, oder?"

Ich schüttle den Kopf. Meine Kehle fühlt sich eng an.

"Bist du sicher?", fragt Ethan. "Du hast ganz schön Gas gegeben und bist das ja nicht wirklich gewöhnt. Royce wird ausflippen, wenn du dich in seinem Wagen übergeben solltest."

"Was?" brüllt Royce und verrenkt sich den Nacken, um uns anzuschauen. "Wenn ihr schlecht ist, halte ich jetzt an. Ich hatte schon mal eine Tussi, die in mein Auto gekotzt hat und es hat Monate gedauert, bis der Geruch verschwunden war."

"Mir geht es gut", sage ich und klinge dabei verärgerter, als es das Gespräch wirklich erfordert. Ich bin es leid, dass die Zwillinge mich bemuttern. Ich habe es satt, dass sie sich wie große Brüder benehmen, die ich nie wollte.

"Schon okay", sagt Ethan zu Royce. "Es geht ihr gut. Du musst nicht anhalten."

Royce dreht sich wieder um, als ob er nicht glaubt, dass wir die Wahrheit sagen. Wir sind sowieso nur eine Minute von unserem Haus entfernt, also fährt er weiter und gibt Gas, damit wir etwas schneller ankommen.

Als wir an der Bordsteinkante halten, springt Nathan heraus und hält mir die Tür auf. Als ich zum Aussteigen aus dem Fahrzeug gleite, stelle ich sicher, dass ich meinen Rock nach unten ziehe, damit ich wenigstens halbwegs anständig aussehe. Ethan steigt auf der anderen Seite aus, und die beiden klopfen zum Abschied auf das Autodach. Royce lässt sein Fenster herunter, um die Zwillinge etwas über eine Party in ein paar Tagen zu fragen. Ich mache mich auf den Weg nach oben, fummle in meiner Handtasche nach den Schlüsseln und möchte so schnell wie möglich hinein und nach oben gehen. Ich lasse die Haustür für die Zwillinge offen und schieße wie eine Fledermaus aus der Hölle in mein Zimmer. Als ich sicher drinnen bin, schließe ich die Tür und lehne mich dagegen, atme tief durch, um mein pochendes Herz und meinen rasenden Verstand zu beruhigen. Ich stehe still, als ich höre, wie sich die Haustür schließt, und die Jungs sich im dem Flur ihre Schuhe ausziehen. Sie flüstern, wie es Männer tun; weniger ein Flüstern, als vielmehr ein Rumpeln. Sie reden nicht laut genug, damit ich verstehen könnte, was sie sagen, was sehr frustrierend ist. Ich möchte es wirklich wissen, auch wenn es nicht um mich geht. Wenn ich wüsste, dass sie heute Abend über Katelin oder eines der anderen Mädchen in der Bar sprechen, wäre es wahrscheinlich sogar besser. Ich könnte versuchen, alle Gedanken an sie aus meinem Kopf zu verdrängen, mit der Überzeugung, dass sie Augen auf andere Preise geworfen haben.

Ich höre sie die Treppe hinaufsteigen und den Flur entlang zu ihrem Zimmer gehen. Sie scheinen vor meiner Tür innezuhalten, oder vielleicht bilde ich mir das auch nur ein. Dann gehen sie weiter und schließen leise ihre Tür. Ich weiß, wann sie sich ins Bett legen, denn die Wasserhähne werden abgestellt und ich höre das Klicken des Lichtschalters. Nachdem ich in meinen Schlafanzug geschlüpft bin, gehe ich auf Zehenspitzen aus meinem Zimmer, um Wasser aus der Küche zu holen. Es ist still, als ich hinunterkomme, und ich vermute, dass sie eingeschlafen sind, sobald ihr Kopf die Kissen berührt hat. Aber auf dem Weg nach oben höre ich Stimmen. Ich weiß, dass ich nicht versuchen sollte, ihnen zuzuhören; schließlich hat noch nie jemand etwas Gutes gehört, indem er Gesprächen zugehört hat, die nicht für seine Ohren bestimmt waren. Ich kann nur leider absolut nicht widerstehen auf Zehenspitzen in Richtung ihrer Tür zu gehen und zu lauschen.

Zuerst höre ich sie über Bryan reden und darüber spekulieren, ob er jemals etwas mit Katelin anfangen wird. Ich will lachen, weil ich mich vorhin genau das Gleiche gefragt habe. Ethan scherzt darüber, dass Bryan sagt, er lasse sich gerne Zeit, aber eigentlich ist er nur ein Feigling. Nathan lacht und stimmt zu, und dann sind beide still. Ich vermute, dass sie eingeschlafen sind und will mich gerade umdrehen, als Nathan etwas sagt, das alle Haare in meinem Nacken aufstehen lässt.

"Hast du gesehen, was Carrie heute Abend anhatte?"

"Ja", sagt Ethan. "Das hätte selbst ein Blinder nicht übersehen."

"Was glaubst du, warum sie sich so rausgeputzt hat? Sie hängt in letzter Zeit so oft zu Hause rum."

"Ich weiß nicht, Mann", antwortet Ethan. "Ich dachte, sie hätte vielleicht Probleme mit ihrem Freund, aber ich habe Katelin gefragt und sie meinte, dass sie Single ist."

"Du hast Katelin gefragt? Wann? Heute Abend?" fragt Nathan, und ich höre, wie er sich bewegt, als würde er sich im Bett aufsetzen.

"Ja. Ich dachte, scheiß drauf. Ich muss wissen, was los ist."

"Wieso? Wir haben doch darüber geredet, Bruder", sagt Nathan und klingt fast verzweifelt. "Sie ist unsere Stiefschwester. Wir können nichts mit ihr anfangen."

"Hör zu", sagt Ethan. "Ich weiß, was wir gesagt haben, aber ich schwöre, sie fühlt genauso. Spürst du es nicht, wenn sie in deiner Nähe ist? Es ist völlig elektrisch geladen."

Ich höre Nathan stöhnen. "Ich weiß, aber scheiß drauf. Sie sollte zur Familie gehören, Mann."

"Nein, sollte sie nicht Wir sind nicht blutsverwandt. Wir sind erst seit einem Jahr in dieser Scheißsituation. Ich habe einige meiner Schuhe schon länger als das. Ein ganzes Jahr lang fühlte sich mein Schwanz an, als würde er explodieren. Im Ernst, Alter, wir müssen was dagegen tun, bevor ich durchdrehe."

"Ist das dein Ernst?"

"Ist das nicht dein Ernst? Glaubst du, das war alles nur Gelaber? Glaubst du, ich will sie nicht gerne rumkriegen?"

"Ich weiß nicht, Ethan. Wir labern so viel Mist. Haben es immer getan und werden es immer tun. Mit dir zu reden, ist für mich wie denken. Aber manchmal denken wir über Dinge nach, über die wir nicht nachdenken sollten. Solche Dinge dann in die Tat umzusetzen, ist eine ganz andere Sache."

"Willst du das?" fragt Ethan, und er sagt es so kalt und ernst, dass ich mich beinahe mit dem Ohr gegen die Tür lehne und mich anstrenge, um Nathans Antwort zu hören. Ich kann nicht glauben, worüber sie reden. Es ist, als ob all meine Träume und meine größten Ängste durch zwei Zentimeter Hartholz diskutiert werden. Ich erwäge fast, wegzugehen, damit ich es nicht höre. Ich weiß, dass ich ihnen ab morgen aus dem Weg gehen muss. Vergessen Sie den Winterschlaf zu Hause. Ich werde mich selbst ins Exil schicken müssen.

"Natürlich will ich das", sagt Nathan, bevor ich mich zurückziehen kann. Und dann bin ich wie erstarrt. Ich habe mir das die ganze Zeit nicht eingebildet. Sie fühlen sich genauso wie ich, und sie sind genauso zerrissen wie ich. Ich weiß nicht, ob ich mich besser oder schlechter fühle. Das vergangene Jahr war eine Qual für mich, und der Gedanke, dass sie dasselbe durchgemacht haben, stimmt mich traurig. All die Nächte, in denen ich wach gelegen habe, mit nur einer Wand zwischen uns, an sie gedacht habe, während sie an mich gedacht haben - all die vergeudete Sehnsucht und die Fantasien.

"Dann müssen wir es tun", sagt Ethan.

"Was tun?" platzt es aus Nathan heraus und ich höre, dass er aus dem Bett aufgestanden ist und die Füße auf den Boden gestellt hat. Ich kann mir vorstellen, wie er aussieht; helle Augen, die in der Dunkelheit leuchten, vom Liegen zerzauste Haare, eine nackte Brust, die von Muskeln durchzogen ist.

"Wir müssen es ihr sagen und ihr zeigen, was sie verpasst."

"Was, wir beide? Sie wird denken, wir sind verrückt. Sie wird denken, wir sind pervers. Sie wird es den Alten sagen, und wir werden auf der Straße sitzen."

"Entweder wir beide oder keiner von uns. Es ist so, wie es immer war, Nath. Ich könnte es nicht ohne dich tun, Bruder, weil ich weiß, wie du dich fühlst."

"Ich weiß, aber das hier ist anders. Das ist Carrie. Das bedeutet mir wirklich etwas."

"Mir auch", sagt Ethan und klingt verärgert. "Du denkst, ich hätte nicht über all das nachgedacht. Glaubst du, ich weiß nicht, was die Risiken sind? Ich habe gesehen, wie sie uns heute Abend angesehen hat. Ich weiß, dass sie uns genauso sehr will, wie wir sie. Wir müssen nur den richtigen Moment wählen, um es ihr zu sagen."

"Und wann soll das sein? Beim Familienfrühstück? Wenn wir uns auf dem Flur über den Weg laufen?

Übrigens, Schwesterchen, möchtest du "Versteck die Wurst" spielen? Nur, dass es zwei Würste gibt. Glaubst du, du schaffst so viel Wurst auf einmal?"'

"Genug mit den Wurst-Witzen, Mann. Wenn wir das durchziehen wollen, müssen wir ehrlich zu ihr sein. Ihr sagen, wie wir uns fühlen. Dass es nicht nur um Sex geht. Dass wir sie mögen."

"Sie mögen", lacht Nathan. "So nennst du das also?"

"Naja, ihr zu sagen, dass wir sie vögeln wollen, bis sie trocken ist und sie dann für immer in unserer Männerhöhle verstecken möchten, würde wahrscheinlich nicht reichen."

"Meinst du?" Nathan lacht wieder, und ich kann mir die beiden vorstellen, wie sie im Dunkeln auf ihren Betten sitzen, wie schattenhafte Reflexionen des jeweils anderen. Ich habe den plötzlichen Drang, die Türklinke herunterzudrücken und in ihr Zimmer zu gehen, um ihnen zu sagen, dass ich das Gleiche empfinde, und dass es okay ist. Aber das kann ich nicht. Ich bin wie erstarrt, mein Ohr ist jetzt vollständig gegen die Tür gedrückt, damit ich nichts verpasse. Gott, was würde meine Mutter denken, wenn sie jetzt in den Flur kommen würde?

Der Raum auf der anderen Seite der Tür ist ruhig. Ich frage mich, was die beiden jetzt denken. Stellen sie sich vor, wann sie mir dieses seltsame Geständnis machen werden? Überlegen sie, welche Folgen es hätte, wenn ich wirklich über ihre Absichten schockiert wäre? Oder vielleicht denken sie, wie ich, darüber nach, was passieren wird, wenn wir alle dasselbe empfinden. Wenn wir die Chance bekommen, unsere Phantasien auszuleben. Wenn die Welt ein perfekter Ort wäre, an dem es keine Urteile und keine einschränkenden Moralvorstellungen gäbe, würde ich jetzt auf Wolke sieben sitzen und mich wie eine Katze im Mäusehimmel fühlen. Aber so läuft es nicht. Es ist weit davon entfernt. Irgendwie hat das Wissen, dass sie sich genauso fühlen wie ich, es nur noch schlimmer gemacht.

Das klingt dumm, oder? Herauszufinden, dass alles, was man sich erhofft und erträumt hat, bald Wirklichkeit werden könnte, sollte nicht so schlimm sein. Als das alles eine entfernte und abstrakte Idee war, schien es möglich. Jetzt weiß ich einfach, dass es das nicht ist. Das Schnarchen, das ich aus dem Zimmer unserer Eltern höre, erinnert mich an zwei große Gründe, warum ich Nein sagen muss. Das Geräusch des Motors des Autos von nebenan, das in ihre Einfahrt fährt, erinnert mich an viel mehr. Und mein sinkendes Herz ist die größte Barriere. Ich könnte die Urteile nicht ertragen. Jetzt weiß ich es. Die Leute im College würden auf uns zeigen und über uns reden. Es sind meine Stiefbrüder, und ich glaube einfach nicht, dass ich ein Mädchen sein könnte, das vom Zwillingsteam ausgewählt wurde.

Ich schlurfe zurück in mein Zimmer und will keine weiteren Geständnisse mehr hören. Ich hätte nie zuhören sollen. Ich hätte nie mit meinen Stiefbrüdern wie eine Hure tanzen sollen. Ich hätte alleine bleiben sollen und mich mit einem völlig langweiligen, aber perfekt geeigneten College-Kerl verabreden sollen, wie jedes normale Mädchen in meinem Alter.

Alle Gedanken an Mr. Tatum und sein magisches Mikrophon sind aus meinem Kopf gesprengt worden. Schweren Herzens schlüpfe ich ins Bett und falle schließlich in einen volltrunkenen Schlaf.

4

ZWEI SCHATTEN

Monatelang habe ich versucht, so viel Zeit wie möglich mit meinen Stiefbrüdern zu verbringen. Jetzt ist es das komplette Gegenteil. Ich verlasse das Haus um 7.30 Uhr, weil ich denke, dass ein Spaziergang, um mein Auto von der Bar abzuholen, dem doppelten Zweck dient, einen Grund zur Flucht und mir die notwendige Bewegung bietet. All die Nächte auf dem Sofa, in denen ich Filme geschaut und Popcorn in mich reingeschaufelt habe, haben meinem Körper einige Kurven verpasst.

Die Straßen sind anfangs noch ruhig, werden aber durch den Berufsverkehr schnell belebter. Um 8.15 Uhr bin ich bei meinem Auto und fahre in Richtung Campus, um vor dem Unterricht etwas Zeit in der Bibliothek tot zu schlagen. Ich will gerade hineingehen, als mein Handy vibriert, weil ich eine Nachricht bekomme. Normalerweise schaue ich mir meine Nachrichten sofort an, aber heute bin ich unruhig. Es könnte sein, dass Katelin sich später zum Lernen treffen will. Vielleicht ist es Mama, um zu hören, ob alles in Ordnung ist. Ich hole mein Handy heraus und schaue darauf, als ob es explodieren könnte. Es ist Ethan. Ich hätte mir denken können, dass er mir als Erstes schreiben würde. Er ist immer der eingebildetere von beiden.

ETHAN - Wo bist du heute Morgen hingegangen, Peanut? Ich wollte dir anbieten, dich zu deinem Auto zu fahren.

Ich schaue auf mein Handy, als hätte ich gerade die kryptischste Nachricht der Welt gelesen. Ich meine, es klingt gut und unschuldig, wie eine Nachricht, die ein fürsorglicher Stiefbruder seiner Schwester schicken würde. Aber jetzt habe ich sein Geständnis gehört und kenne seine Absichten und es scheint irgendwie so viel mehr zu sein. Er hat nach mir gesucht, früh am Morgen. Und die Sache mit dem Auto ist nett. Sehr aufmerksam.

Oder ist es nur eine Ausrede, um allein mit mir in seinem Auto zu sein, damit er über mich herfallen kann? Allein der Gedanke daran bringt mich zum Glühen. Ich trage nur ein American Eagle Retro-T und abgeschnittene Shorts, und um diese Zeit ist es sicher nicht heiß. Ich fächle mir Luft ins Gesicht und starre immer noch auf das Handy, aber der Bildschirm ist schwarz geworden, passend zu dem dunklen Ort, an den meine Gedanken gewandert sind: ein Ort, an dem Ethan uns zu dem verlassenen Fußballplatz und den Parks fährt. In meiner Fantasie gibt es keinen Dialog. Keine Geständnisse von Gefühlen, Liebe oder Absichten. Keine Fragen darüber, ob das, was er tut, in Ordnung ist. Stattdessen greift er einfach rüber und zieht mich auf seinen Schoß, bis meine Muschi gegen seinen riesigen Schwanz gepresst wird. Seine Zunge ist in meinem Mund, bevor ich protestieren kann, und seine Lippen - oh Gott. In meinen Träumen sind sie immer so weich und doch so fordernd. Eth hält eine Hand auf meiner Hüfte und drückt mich gegen seine Erektion im Rhythmus des wildesten Sexes, den ich mir vorstellen kann. Seine Hand rutscht unter meinen T-Shirt nach oben, reißt meinen BH auf und schröpft meine Brust, bevor ich auch nur daran denken kann, sie wegzuziehen.

Ich bin so sehr von meinen Sexgedanken gefesselt, dass ich erst sehe, dass sich jemand genähert hat, als es zu spät ist.

"Hey Carrie", sagt Royce so laut, dass ich wie ein aufgescheuchtes Kaninchen hochschrecke.

"Scheiße", sage ich und lasse mein Handy fallen, während ich mich schockiert an mein Herz fasse. "Du hast mich erschreckt."

"Tut mir leid", lacht er, beugt sich vor, um mein Handy aufzuheben und reicht es mir grinsend zurück. "Du warst in einer anderen Welt." Er schaut mich amüsiert an. "Du bist ganz schön rot geworden. Was auch immer in der Nachricht stand, muss ziemlich heiß gewesen sein."

Ich spüre, wie sich meine rosigen Wangen in ein wütendes Inferno verwandeln.

"Wenn es nur so wäre!" sage ich und fummle in meiner Tasche herum, als würde ich mein Handy wegpacken wollen. "Ich habe Kopfschmerzen von gestern Abend. Ich hätte ausschlafen sollen, aber ich muss noch eine Hausarbeit erledigen."

"Ich auch. Außer die Kopfschmerzen. Ich habe die ganze Nacht nur Saft getrunken."

"Gehst du in die Bibliothek?"

"Ja." Er blickt zum Eingang. "Sollen wir los?"

"Ich würde fast lieber meine eigenen Füße essen, als jetzt zu lernen, aber es muss ja leider sein."

Royce lacht und geht auf die Bibliothek zu. Ich folge ihm und finde, dass ich das größte Pech auf der Welt habe. Der einzige Mensch, der mir bei dem Versuch, den Zwillingen aus dem Weg zu gehen, über den Weg läuft, ist einer ihrer besten Freunde. Ich muss jetzt mit reingehen, aber vielleicht kann ich mich herausreden, wenn ich sage, dass ich einen Kaffee oder so brauche, um mir einen ruhigen Platz zum herunterkommen zu suchen.

Die Bibliothek ist ruhig. Aber es sind auch noch nicht wirklich viele Studenten unterwegs. Royce und ich finden einen leeren Tisch in einer versteckten Ecke und breiten unsere Bücher und Laptops aus. Er studiert Mathe, würde ich vermuten. Ich muss an einem Geschichtsreferat arbeiten. Es ist erst nächste Woche fällig, aber es kann nicht schaden, vorzuarbeiten.

Mein Handy klingelt wieder und dieses Mal ist es Katelin. Ich schicke ihr eine Nachricht zurück und verabrede mich mit ihr in einer Stunde im Café. Das ist meine Ausrede, um von Royce wegzukommen. Ich bin gerade wieder in meine Arbeit vertieft und tippe, als der Tisch wieder vibriert. Diesmal ist es Royces Handy. Er grinst über die Nachricht und tippt dann eine Antwort. Ich bin nicht nah genug dran, um zu sehen, wer es ist, und das macht mich nervös. Es könnten Bryan oder Doug sein. Es könnte sogar ein Mädchen oder die Mutter von Royce sein. Aber irgendwie weiß ich, dass es einer der Zwillinge ist. Und ich weiß, dass er ihnen sagen wird, dass er bei mir ist. Wir haben noch nie zusammen gelernt, also ist es ungewöhnlich genug, um es zu erwähnen.

Ich tippe weiter, aber ich weiß, dass es keinen Sinn

mehr macht. Alles, was ich geschrieben habe, muss noch mal überarbeitet werden. Royce tippt weiter Nachrichten auf seinem Handy. Als er fertig ist, schaut er zu mir auf und lächelt. Ich weiß, dass ich rot werde, weil ich dabei erwischt werde, wie ich ihn beobachte. Ich bin sicher, dass ich den ganzen Morgen über einen hochroten Kopf habe.

Ich greife in meine Handtasche, um meine Wasserflasche herauszunehmen. Mein Kopf fängt an zu hämmern, von all dem Stress und vielleicht auch ein wenig wegen meines Doppelpacks, das mir nicht aus dem Kopf geht. Wie kommt es, dass doppelt alles besser aussieht?

"Geht es dir immer noch schlecht?" flüstert Royce.

"Ja." Ich drücke auf meine Schläfe, damit es glaubwürdiger aussieht. "Ich glaube, ich muss mich auf den Weg machen. Ich kann mich nicht konzentrieren."

Er nickt, und ich fange an, meine Sachen zu packen und noch einen Schluck Wasser zu trinken. Ich verabschiede mich flüsternd und haste nach draußen, wobei ich die Steintreppe, die vom Eingang zur Bibliothek führt, beinahe herunter sprinte. Ich halte meine Tasche fest an meiner Schulter, als ich sie sehe.

Oh Gott, sie sehen so gut aus.

Wie können sie bei so viel Alkohol und so wenig Schlaf so gut aussehen? Das ist nicht fair. Diese T-Shirts; derselbe Grauton, aber mit anderen Slogans. Diese Jeans; genau der richtige Schnitt, lässig, aber trotzdem eng genug. Einen Moment lang wünschte ich, ich würde hinter ihnen hergehen, um ihre Rückansicht zu genießen. Ethan hat eine zerzauste Frisur, die er ohne Zweifel mit etwas Gel zurecht gemacht hat. Nathans Haar liegt ordentlich und zur Seite gekämmt. Abgesehen von ihren Haaren und ihrer Kleidung und dem leichten Unterschied in der Art, wie sie sich bewegen, sind sie fast völlig identisch, inklusive dem charmanten Grinsen.

"Na, sieh mal, wer das ist", ruft Ethan, als ich nah genug dran bin, dass ich sie hören kann.

"Peanut, wie schön, dich hier zu sehen", sagt Nathan, und wie immer lachen beide über meinen finsteren Blick.

"Was macht ihr denn hier?"

"Wir hatten beide Lust auf einen Spaziergang am frühen Morgen und haben uns gedacht, wo könnte man besser hingehen als über den Campus?"

Ich verziehe mein Gesicht, weil sie wieder lachen. "Royce hat euch gesagt, dass ich hier bin", sage ich mit dem mürrischsten Tonfall, den ich über meine Lippen bringen kann.

"Royce?" fragt Nathan, aber ich vertraue seiner Unschuldsmasche nicht. Ich kenne schließlich seine Absichten. Und verdammt, jetzt, wo ich über diese Absichten nachgedacht habe, bekomme ich dieses heiße, schmerzhafte Gefühl zwischen meinen Oberschenkeln, das ich immer bekomme, wenn ich an die Stanmore-Zwillinge denke.

"Du weißt, wovon ich spreche", sage ich.

"Warum so wütend und misstrauisch, Carrie?" fragt Ethan fast singend.

Ich ziehe meine Tasche fester auf meine Schulter und schaue auf meine Uhr. "Ich habe es eilig", sage ich. "Ich treffe mich in zehn Minuten im Café mit Katelin."

"Wir kommen mit dir mit", sagt Ethan, wirft mir den Arm um die Schultern und beginnt, in Richtung Café zu gehen. Seine Größe und Kraft treiben mich vorwärts; meine kurzen Beine rutschen fast über den Boden, um mitzuhalten. Nathan hält ohne Probleme mit seinem

Bruder Schritt. Ihre Beine sind immerhin gleich lang.

"Das ist eigentlich nicht nötig", sage ich und schaue mich nach Zeugen meiner misslichen Lage um.

"Was ist nicht nötig? Dass wir auch Kaffee wollen?" fragt Nathan. Er schaut mich mit diesem sanften Blick an, der es immer wieder schafft, mein Herz zu berühren und mich von innen heraus schwach zu machen. Ich bin wie eine Praline mit Karamellfüllung, die heraussickert, wenn man zum ersten Mal daran knabbert. Vielleicht möchte Nathan an mir knabbern. Vielleicht möchte er meine Brustwarze zwischen seine Zähne nehmen und sie so doll zwicken, dass sich meine Hüften vom Bett heben und meinen Lippen ein Stöhnen entweicht.

"Na gut", schmolle ich. "Lasst uns alle zusammen Kaffee trinken."

Wir brauchen fünf Minuten, um zum Time Out-Café zu kommen. Ich bin viel zu früh für Katelin, aber ich tue so, als würde ich sie trotzdem suchen. "Was kann ich dir bringen?" fragt Nathan und geht zur Theke.

"Einen Skinny Latte, bitte. Und einen Schoko-Muffin." Ich brauche Koffein und Zucker, um das durchzustehen, was auch immer als Nächstes kommt.

Ethan bestellt einen doppelten Espresso - sein Kopf tut wohl so weh, wie ich vermutet habe - und ein Käsesandwich. Dann lässt er sich in die Ecke einer Couch am Fenster fallen und gibt mir zu verstehen, dass ich neben ihm Platz nehmen soll. Die Ecke, die er sich ausgesucht hat, ist ziemlich ruhig. Die nächsten Gäste sitzen mindesten 2 Meter entfernt. Ich setze mich nervös hin und spiele an den ausgefransten Rändern meiner Shorts herum, denn so entstehen zumindest zehn Zentimeter zusätzlicher Stoff, mit dem ich meine ziemlich nackten Oberschenkel bedecken kann. Seine Augen beobachten meine Hände auf eine lockere Art und Weise, und er macht keine Anstalten, die Tatsache zu verbergen, dass er mich mustert.

Ich schaue mich um und sehe, dass Nathan bereits vorne in der Schlange steht. Ich brauche ihn hier, um die Situation zu entschärfen. Irgendwie fühle ich mich immer etwas zentrierter, wenn ich Nath in meiner Nähe habe. Er hat eine gewisse Ruhe in seiner Ausstrahlung.

"Also", sagt Ethan und unterbricht meinen Gedankengang. "Gestern Abend hat Spaß gemacht, oder?"

"Ja schon." Jetzt fange ich wirklich an, in Panik zu geraten. Worauf zum Teufel will er damit hinaus?

"So habe ich dich noch nie tanzen sehen... so locker und..."

Ich werfe ihm einen eingeschnappten Blick zu. Anscheinend wirkt es, denn Ethan hört auf zu reden und schaut mich fragend an. "Ich war betrunken", sage ich und rede mich raus.

"Nicht die ganze Zeit", antwortet Ethan vorsichtig.

"Die meiste Zeit", sage ich. "Deshalb fühle ich mich heute auch so beschissen."

Seine Augen liegen auf meinem Gesicht, er beugt sich nach vorne und streicht mit seinem Daumen über meine Wange. "Du siehst gut aus", flüstert er. Er ist mir so nah, dass ich den frischen Duft seines Duschgels und die Minze der Zahnpasta in seinem Atem riechen kann. Unsere Augen kleben aneinander, mein weiches Braun ist auf seinem Saphirblau fixiert. Eine kleine Bewegung und wir würden uns küssen. Eine winzige Regung und ich wüsste endlich, wie sich seine Lippen auf meinen anfühlen. Mein Herz rast so schnell, dass mir schwindlig wird. Und die

Zeit scheint in diesem seltsamen Moment eingefroren zu sein, in dem keiner von uns weiß, was wir als nächstes tun sollen. Ich will ihn so sehr, dass es weh tut und ich kann die reine Sehnsucht in seinen Augen sehen und dass er seine Lippen ganz bewusst öffnet. Aber wir sitzen im Café auf dem Campus, und Katelin kommt gleich und wir können das nicht tun. Es geht einfach nicht.

Dann fällt ein Schatten auf Ethans Gesicht, und wir beide ziehen uns voneinander weg, als wären wir Kinder, die mit den Händen in der Keksdose erwischt wurden. Nathan steht da mit einem Tablett und schaut uns mit einem interessierten Ausdruck an, der fast wie Hoffnung aussieht. Was denkt er? Dass Ethan es mir vielleicht erzählt hat, mich überzeugt hat und wir jetzt irgendwo hingehen, um einen ganzen Tag lang heißen, verschwitzten Sex zu haben?

"Sie hatten keine Schokomuffins, also habe ich dir einen mit weißer Schokolade und Pekannuss besorgt", sagt er, um das unbehagliche Schweigen zu brechen, das uns umgibt.

"Alles gut", sage ich. "Schokolade ist Schokolade."

Ich fange an, mich etwas von Ethan zu entfernen, aber während ich das tue, nimmt Nathan direkt neben mir Platz. Jetzt sitze ich hier auf der Couch zwischen den Stanmore Zwillingen, in zu kurzen Shorts, mit einem Muffin und einem Kaffee. Wie soll ich jetzt essen, wenn meine Hände in meinem Schoß zittern?

"Greift zu", sagt Nath und nimmt sich seinen Kaffee. Eth nimmt sein Sandwich und beißt ein so großes Stückchen heraus, dass ich erwarte, dass er erstickt. Anscheinend schaffen das nur 1,80 m große Männer. "Also", sagt Nath und zieht das Wort in die Länge. "Letzte

Nacht, hä?"

"Das Gespräch hatten wir schon", sage ich schnippisch.

"Welches Gespräch?" fragt Nath und sieht verwirrt aus.

Ich werde rot, weil ich nicht wiederholen will, was Eth gesagt hat, aber Eth tut es trotzdem und sieht aus, als würde er sich amüsieren.

"Das Gespräch über deine Tanzkünste."

Nath zieht die Augenbrauen hoch und schaut mich interessiert an.

"Mmhh, der Tanz."

"Können wir aufhören, über gestern Abend zu reden?" Mein Gesicht brennt wieder, und die einzige Ablenkung, die mir zur Verfügung steht, ist ein weißer Schokoladenmuffin von der Größe eines kleinen Planeten. Ich bin mir sicher, dass ich mich verschlucken werde, wenn ich jetzt hineinbeißen würde.

"Wir können aufhören, darüber zu reden. Aber das bedeutet nicht, dass ich aufhöre, daran zu denken." Ethan grinst, Nathan lacht, und ich blicke finster drein.

Da sind wir wieder, zurück in unserer üblichen Neckerei-Routine.

"Du solltest nicht so über mich denken", platzt es aus mir heraus. "Wir sind doch eine Familie."

Während ich das ausspreche, scheint mein Herz in meine Hose zu rutschen und den Zwillingen scheint es den Wind aus den Segeln zu nehmen. Mein Herz schmerzt, obwohl ich weiß, dass ich das sage, was ich sagen soll. Ich tue, was ich tun soll.

Egal, wie viele "Hätte, Wenn und Aber" ich überdenke - das Ganze fühlt sich für mich immer noch falsch an.

"Wir sind keine Familie", antwortet Nath leise. "Unsere

Eltern sind verheiratet. Das ist alles."

"Wir leben im selben Haus", sage ich und weiß nicht, wo ich hinschauen soll. Ich richte meine Augen auf den Muffin und verschränke meine Hände auf meinem Schoß.

"Ja, das tun wir", sagt Eth vorsichtig und lehnt sich etwas näher heran. "Carrie." Er legt seine Hand auf mein Knie und ich starre ihn an, als sei er eine riesige Spinne. "Ich... wir... wir fühlen einfach Dinge..." Er zögert. Seine Stimme ist so tief, als würde Samt über meine Haut streicheln. "Wir fühlen Dinge, die Brüder nicht für ihre Schwestern empfinden."

Nathan legt seine Hand über meine und zieht meine Finger sanft aus ihrer krallenartigen Position, die sich an die Couch klammern, als würde ich mich am Leben festklammern. Ich drehe mich um, um ihn anzusehen, und seine Augen sagen mir dasselbe wie die von Ethan. Sie sind hungrig und weich zugleich. Irgendwie besessen. Er nickt nur minimal, was für mich ausreicht, um zu wissen, dass er seinem Bruder in allem zustimmt. Ich wende mich wieder Ethan zu, der darauf zu warten scheint, fortzufahren. "Ich weiß, dass du es auch fühlst", sagt er, und für einen Moment bin ich verwirrt.

"Dass ich was fühle?" flüstere ich zurück.

"Das", sagt Ethan und streicht mir mit dem Daumen über die Innenseite meines Knies. Meine Nervenenden erwachen bei einer so leichten Berührung zum Leben und ich zittere praktisch vor Verlangen. Nathans Finger bewegt sich auf der zarten Innenseite meines Handgelenks und das alles wird mir zu viel. Zu viel Gefühl. Zu viel Intensität. Ich fühle mich in so viele Richtungen gezogen und keine fühlt sich richtig an.

"Oh Gott", flüstere ich. "Das geht nicht. Ich kann

nicht. Du liegst falsch."

"Doch du kannst", flüstert Nathan in mein Ohr. "Wenn du willst, können wir das."

"Sollten wir aber nicht", sage ich, aber mein Widerstand klingt erbärmlich.

"Könnten wir aber", sagt Ethan, und seine Hand bewegt sich ein wenig an meinem Bein hoch. "Ich weiß, dass du es spürst, Carrie. Ich weiß, dass du es willst..." Er zieht sich zurück, als wäre es übertrieben, von 'uns' zu sprechen.

Mein Verstand arbeitet doppelt so schnell, und ich bringe es nicht über mich, sie beide anzusehen. Als ich nach oben schaue, bemerke ich Katelin draußen, wie sie sich entlang des Cafés in Richtung Eingang bewegt. Ich stehe auf und weiß, was für ein schuldiges Bild wir abgeben. Ethans Hand fällt auf die Couch und Nathan bewegt sich schuldbewusst zur Seite, wodurch etwas Abstand zwischen uns entsteht.

Ich klettere um den Tisch herum und benutze die Ausrede, dass ich mich mit Katelin treffen wollte, um etwas Abstand zwischen die Zwillinge und mich zu bringen. Ich werfe mich praktisch auf sie, ziehe sie in eine Umarmung und drücke sie viel zu doll.

"Carrie", keucht sie, zieht sich überrascht aus unserer Umarmung und schaut mich an. "Geht es dir gut? Nicht, dass mir die ganze Liebe hier drin nicht gefällt, aber wow, das ist eine Menge! Ich glaube das ist genug Liebe für die nächsten Wochen."

"Was?" platzt es schnell aus mir heraus, weil ich mich so schuldig fühle, dass ich sie als Fluchtmöglichkeit benutzt habe. "Kann ich meiner besten Freundin nicht zeigen, wie gern ich sie habe?"

"Natürlich", sagt Katelin lächelnd, aber mit einem misstrauischen Blick in ihren Augen. Sie inspiziert das Café und bemerkt die Zwillinge am Fenster.

"Hey, Jungs", ruft sie und winkt. "Das ist ja schön. Ich hole mir meinen Kaffee und komme zu euch."

"Nein, ist schon okay. Ich hole meinen rüber, dann können wir weiter über das Projekt reden." Ich deute auf den Tisch auf der anderen Seite des Cafés.

"Oh, okay." Katelin sieht enttäuscht aus, aber ich will unbedingt von meinen Stiefbrüdern weg, bevor ich in das Fegefeuer gelockt werde, um auf Satans Schoss zu sitzen.

Ich drehe mich um und mache mich auf den Weg zurück zum Tisch, um meinen Kaffee und Muffin zu holen. Es ist so schwer, die Jungs anzuschauen, aber ich tue es trotzdem. Sie lächeln beide auf die gleiche Art und Weise, ihre identischen, azurblauen Augen funkeln. Ich bekomme den plötzlichen Drang, Ethans Haare zu glätten und Nathans Haare zu zerzausen, damit sie sich noch mehr ähneln. Es ist einfacher, so zu tun, als seien sie eine Person, wenn sie wie eine Person aussehen. Und wenn ich so tue, als wären sie eine Person, fühle ich mich weniger wie ein degenerierter Freak.

"Danke für den Kaffee", murmle ich. "Ich schätze, wir sehen uns dann zu Hause."

"Ja", sagen sie beide unisono. "Wir sehen uns später", fügt Nathan hinzu.

Ich husche durch das Café in die Sicherheit des kleinen Tisches für zwei Personen. Katelin kommt kurz darauf zu mir und wir quatschen eine Weile über unser Projekt. Etwa nach der Hälfte gehen die Zwillinge und verabschieden sich. Katelin kümmert sich sehnsuchtsvoll um sie und formt mit ihrem Mund "verdammt", aber ich ignoriere sie und fahre mit unserem Gespräch fort. Als wir endlich fertig sind, bringe ich Bryan zur Sprache. Wenn ich ehrlich bin, dann deshalb, weil ich es hasse, wenn sie die Zwillinge anschaut, als ob sie sie vernaschen will. Wenn ich ganz ehrlich bin, möchte ich Feuer spucken.

Katelin lacht. "Ja, Bryan ist süß. Ich hätte sogar Interesse an ihm, wenn ich die Hoffnung hätte, dass er jemals seinen Arsch in Bewegung setzen würde und mich ansprechen würde. Er hat mir so ziemlich jedes Mal, wenn wir uns sehen, schöne Augen gemacht aber sich nie mehr getraut. Vielleicht ist er nicht interessiert?"

"Oh, er ist interessiert", sage ich. "Nur ein bisschen langsam. Vielleicht solltest du den ersten Schritt machen. Es sind nicht die 50er Jahre, weißt du. Frauen sind seit Jahrzehnten emanzipiert."

"Ich weiß nicht. Ich mag es irgendwie, wenn ein Mann die Drecksarbeit erledigt. Sonst habe ich das Gefühl, dass ich mich umsonst hingegeben habe."

"Mh, ich weiß, was du meinst", sage ich und erinnere mich an Ethans Hand auf meinem Bein und die Worte, die er mir ins Ohr geflüstert hat. Es hat sich gut angefühlt, ihn das sagen zu hören. Mir war bis zu diesem Moment nicht klar, wie viel mir das bedeutete.

Wir plaudern noch eine Weile über das Übliche und verabschieden uns dann. Ich habe viele gute Gründe, noch ein paar Stunden auf dem Campus zu sein, dann weiß ich, dass ich tapfer sein und nach Hause gehen muss.

5

ONE LOVE

Hast du auch manchmal das Gefühl, dass das ganze Universum gegen dich ist? Ich komme an diesem Abend nach Hause und finde ein sehr ruhiges Haus vor. Ich gehe in die Küche und erwarte, dass meine Mutter dort das Abendessen vorbereitet, aber das Licht ist aus und alles ist aufgeräumt. Auf dem Tresen finde ich einen Zettel mit einer Nachricht von Mama. Anscheinend hat Wendell, mein Stiefvater, beschlossen, mit ihr über das Wochenende wegzufahren. Eine romantische Überraschung.

Das erste, was mir in den Sinn kommt, ist, dass ich ein ganzes Wochenende allein mit den Zwillingen zu Hause sein werde. Keine elterliche Aufsicht. Kein Risiko, gestört zu werden. Nichts, was sie davon abhält, so weiterzumachen wie heute Morgen im Café.

Allein das Gefühl ihrer Hände auf mir hat mich zum Zittern gebracht, obwohl sie mich nur an unschuldigen Stellen berührt haben. Sie wiesen alle Gründe zurück, weshalb wir nicht einfach nach unseren Gefühlen handeln könnten. Dinge, die sich in meinem Kopf sicher anhörten, klangen viel weniger überzeugend, als sie laut ausgesprochen wurden und je mehr sie redeten, desto unsicherer wurde ich. Ihnen "Nein" zu sagen, fühlte sich für meinen Kopf so richtig und für mein Herz so falsch an, und ich weiß nicht, ob ich meine Schranken aufrechterhalten kann, jetzt, wo sie den mutigen Schritt gewagt haben, mir ihre lang gehegten Gefühle zu gestehen.

Gerade als ich die Treppe hinaufgehe, um mich in meinem Zimmer zu verkriechen, öffnet sich die Haustür. Ich drehe mich um und sehe, wie zuerst Nathan und dann Ethan hereinkommen. Beide sehen zu mir auf, Nathan scheint besorgt zu sein, als wüsste er genau, wie ich mich fühle, und Ethan hat ein riesiges Grinsen im Gesicht. Sie müssen bereits von der spontanen Reise unserer Eltern wissen. Sie müssen wissen, dass sie die perfekte Gelegenheit haben, mich genau dorthin zu kriegen, wo sie mich haben wollen. Nathan ist sich nicht sicher, wie ich reagieren werde. Ethan denkt einfach, dass er mich nur überzeugen muss, die richtigen Knöpfe drücken muss und dann die Antwort bekommt, die er will.

"Hey, Peanut", ruft Ethan. "Hast du die gute Neuigkeit schon gehört?"

"Was für gute Neuigkeiten?" sage ich. Verleugnung scheint meine beste Vorgehensweise zu sein. Wenn ich so tue, als wäre nichts Ungewöhnliches passiert, bin ich vielleicht sicher. Oh Gott, ich belüge mich schon wieder selbst.

"Wir haben das Haus das ganze Wochenende für uns allein", sagt er mit fröhlicher Stimme.

Ich gehe noch eine Stufe höher und drehe mich

langsam um. "Ja, Mama hat mir einen Zettel geschrieben", antworte ich und versuche, dass meine Stimme so wenig, wie möglich zittert.

"Willst du vielleicht einen Film mit uns gucken?" fragt Nathan freundlich. "Du kannst entscheiden, was wir gucken."

Beide schauen hoffnungsvoll zu mir auf und es bricht mir ein wenig das Herz. Ich schmelze dahin, weil sie mich mit unschuldigen Gesichtsausdrücken anschauen. Ich weiß, was sie wirklich wollen und es hat nichts mit Filmen zu tun. Sie überlassen mir nie kampflos die Filmauswahl. Für sie ist es immer zuerst ein Spiel und erst nachdem ich eine halbe Stunde lang jammere und mich beschwere, geben sie nach.

Ich weiß, wenn ich zustimme, werden wir zusammen auf der Couch enden. Wenn wir einen Film gucken, dimmen wir immer das Licht, um das volle Kinoerlebnis zu bekommen. Es wird die perfekte Atmosphäre für das sein, worauf sie im Café angespielt haben und wonach ich mich seit Monaten heimlich sehne. Ich habe mir eingeredet, dass wir das nicht tun können, aber mein Körper ist durch den Gedanken, dass meine Fantasie Wirklichkeit wird, lebendig geworden. Ich habe versucht, mich davon zu überzeugen, dass es falsch ist, aber wenn ich ehrlich zu mir selbst bin, hat mein Herz nie zugestimmt.

Wenn Gehirn und Herz gegeneinander arbeiten, wer gewinnt dann die Oberhand? Logik oder Gefühl?

Ich weiß, dass die Logik gewinnen sollte.

Die Zeit scheint stehen zu bleiben, als ich auf sie herabblicke. Ich weiß, dass dies ein entscheidender Moment in meinem Leben ist. Werde ich das hier wirklich machen? Was soll ich sagen? Ich bin ein emotionales Mädchen.

Zumindest glaube ich das.

Werde ich es noch bereuen?

Wer weiß das schon?

Vielleicht müssen wir alle ein paar leichtsinnige Entscheidungen treffen. Vielleicht müssen wir alle Dinge tun, die uns irgendwann in der Zukunft peinlich sind, wenn unsere Haare längst grau und unsere Gesichter mit Falten durchzogen sind. Vielleicht sind gerade das die Dinge, die unsere Grenzen erweitern und durch die wir uns lebendig fühlen. Dies sind vielleicht die Momente, an die wir uns am liebsten erinnern werden.

Ich liebe diese Jungs; wie Freunde und so viel mehr. Ich fühle mich bei ihnen sicher. Ich weiß, dass sie nichts tun würden, um mich zu verletzen. Ich weiß, dass es bei dem, um das sie mich bitten, um mehr geht als um Sex; sonst würden sie nicht fragen. Wenn sie nur Sex wollten, könnten sie das überall bekommen. Sie würden nicht ihr Privatleben für etwas Zwangloses riskieren. Ich habe keine Ahnung, wie das alles in Zukunft funktionieren soll. Aber ich will sie so sehr. Ich liebe sie. Und wenn mich das zu einer schrecklichen Person macht, dann ist das für mich in Ordnung. Zumindest für heute. Für diesen Augenblick lasse ich mein Herz mein Schicksal entscheiden.

"Wenn wir Pump up the Volume gucken, bin ich dabei", und sobald ich es ausgesprochen habe, grinsen beide und fangen an, sich die Schuhe auszuziehen.

"In einer halben Stunde bin ich unten", sage ich und gehe die Treppe weiter hoch.

In meinem Zimmer mache ich das, was ich schon gestern Nacht getan habe; ich stehe ein paar Minuten lang mit dem Rücken zur Tür und atme tief durch. Diesmal habe ich jedoch allen Grund, meine Nerven zu beruhigen.

Ich dusche und ziehe schöne Dessous an; nicht allzu sexy, aber ein relativ neues Set, das zusammenpasst. Ich ziehe eine bequeme schwarze Yogahose und ein Top darüber und höre die Jungs in ihrem Zimmer lachen. Ich frage mich, worüber sie wohl reden. Besprechen sie ihre Taktik oder quatschen sie einfach nur über etwas, das heute im College passiert ist? Ich beschließe, mich zuerst auf die Couch zu legen. Irgendwie fühlt sich das besser an, als in das Zimmer zu kommen, wenn sie schon da sind.

Ich schnappe mir eine Zeitschrift und setze mich wie immer in die Mitte. Ich nehme kein einziges Wort auf, aber die Zeitschrift bietet mir Deckung, wenn die Zwillinge hereinkommen.

Etwa fünf Minuten später höre ich, wie sie die Treppen herunterlaufen - die längsten fünf Minuten meines Lebens. Sie sind beide lässig in Dunkelblau gekleidet, und die Farbe lässt ihre Augen noch mehr als gewöhnlich aufleuchten. Ich kann nicht anders, als sie von oben bis unten zu mustern, während sie vor mir stehen. Für einen Moment frage ich mich, womit ich sie verdient habe. Mein Mund wird trocken, wenn ich nur daran denke, was als Nächstes passieren könnte. Sie tun aber so, als ob rein gar nichts passiert. Nathan schnappt sich die Fernbedienung vom Tisch und lässt sich zu meiner Rechten fallen. Ethan macht wie üblich das Licht aus und nimmt zu meiner Linken Platz. Wir sprechen nicht, während Nathan nach meinem Lieblingsfilm von Christian Slater sucht und ihn anschaltet. Ich kann praktisch mitsprechen.

Dies wird der erste Filmabend sein, an dem ich mir nicht die Mühe mache, Popcorn zu holen. Ich frage mich, ob es den Jungs aufgefallen ist, und falls sie es bemerkt haben, was sie denken. Mir geht so viel durch den Kopf. Wer wird den ersten Schritt machen? Ich tippe auf Ethan. Er übernimmt immer die Führung. Ich frage mich, wie es sein wird. Wie es sich anfühlen wird, sie zu küssen. Wird es sich wie immer oder anders anfühlen? Es ist so lange her, dass ich die Hände eines Mannes auf mir gespürt habe. Dann erinnere ich mich an das Gerücht, das mir Katelin bei unserem letzten Grillabend ins Ohr geflüstert hat. Das Gerücht über die Größe der Dinge, die ich schon bald sehen könnte, und mir läuft ein Schauer über den Rücken. Normalerweise bin stehe ich so einem Gerede eher skeptisch gegenüber, aber das Gerücht kam von Katelins Schwester, die in derselben Klasse wie die Zwillinge ist. Es wurde nur ein einziges Wort verwendet und zwar mit einer gewissen Ehrfurcht - Riesig.

Wir sehen uns etwa fünf Minuten des Films an, aber ich nehme nichts davon auf. Alles, woran ich denken kann, ist, was die Zwillinge zwischen ihren Beinen ruhen haben. Ich bin so verdammt neugierig, ob die Gerüchte wahr sind. Es dauert nicht lange, bis Bewegung auf die Couch kommt und Ethan näher kommt. Er legt seinen Arm über die Lehne, als wären wir sechzehn und bei einem ersten Date. Ich will am liebsten laut loslachen, aber dann legt er seine andere Hand an meine Wange und dreht meinen Kopf herum, bis ich ihn anschaue. Es kostet mich all mein Selbstvertrauen, den Blickkontakt aufrechtzuerhalten.

"Du weißt, dass wir dich lieben, Carrie", sagt er so sanft, dass ich die Worte von meinen Wimpern bis zu den Spitzen meiner winzigen Zehen spüre. Nathan streicht mit seiner Hand über mein Haar, er rückt so dicht hinter mich, dass ich die Wärme seines Körpers an der nackten Haut meiner Arme spüren kann.

Ich nicke stumm. Das wusste ich nicht wirklich. Nicht der Teil mit der Liebe. Ich wusste, dass sie mich mochten. Ich war mir sicher, dass ich ihnen wichtig bin und dass sie Gefühle für mich haben. Aber Liebe? Mein Herz fühlt sich an, als würde es vor Glück und Hoffnung zerplatzen.

Ethan beugt sich vor und drückt seine Lippen gegen meine, genau in dem Moment, in dem ich Nathan an meinem Hals spüre. Ethans sanfte Küsse werden von Nathan auf eine Weise widergespiegelt, die ich nicht erwartet hatte und die alles intensiviert. Die erste Berührung von Ethans Zunge an meiner ist elektrisierend, aber sie wird noch verstärkt, durch das sanfte Drücken von Nathans Zunge direkt unter meinem Ohr. Ich stöhne und weiß nicht, was ich tun soll. Ich möchte mich in Ethan hineinlehnen, um mich seinem Körper und der Kraft, die er ausstrahlt, näher zu sein. Aber wenn ich mich nach vorne bewege, distanziere ich mich von Nath, und ich will seinen Kontakt nicht verlieren. Ich möchte ihre beiden breiten, muskulösen Oberkörper gegen mich gedrückt spüren. Ich möchte, dass mich die Stanmore Zwillinge umhüllen, bis ich nicht mehr weiß, wo der eine endet und der andere anfängt.

Als ob Nathan meine Gedanken lesen könnte, lehnt er sich weiter nach vorne, dann tut Eth es ihm nach und ich komme meinem Wunsch näher. Unsere Positionen sind unbeholfen, aber so sind wir uns so nah wie möglich. Ich lege eine Hand auf Ethans Wange und vertiefe den Kuss, der sich so gut anfühlt, dass ich heulen könnte. Mit der anderen greife ich nach hinten, um Nathans Knie zu finden. Er soll wissen, dass mir das, was er tut, auch gefällt. Welcher Frau würde es nicht gefallen, wenn weiche Küsse über ihre Schultern und auf die empfindliche Haut ihres Nackens gestäubt würden? Es ist Nathans Hand, die sich zuerst an meiner Seite hoch zu meiner Brust bewegt. Ich hätte nie gedacht, dass er derjenige sein würde, der einen Schritt weiter geht. Seine Berührung ist ganz und gar nicht zaghaft; er umfasst einfach meine Brust mit seiner Hand und kneift meine Brustwarze auf eine Art und Weise, die Lust bis in meine Beine versprüht. Es fühlt sich so gut an, dass ich mich von Ethan wegziehe, um die Augen zu schließen und meine Rücken nach hinten zu beugen. Und dann gleitet Ethans Hand unter mein Oberteil. Sie ist so groß und rau vom ganzen Training und der Gartenarbeit, die sein Vater den Zwillingen auferlegt. Ethan verliert keine Zeit. Im Gegenteil. Er hat den Verschluss meines BHs geöffnet und berührt meine nackte Haut, bevor ich auch nur stöhnen kann.

"Verdammt, Carrie, du bist so schön", flüstert Nathan mir ins Ohr, während er meine Brustwarze zwischen Daumen und Zeigefinger bewegt, immer noch durch den Stoff meines Oberteils. Ethan hingegen hat den Träger bereits heruntergeschoben. Ich beobachte ihn, wie er meine Brust umschließt und sich die Zeit nimmt, sie zu streicheln und zu bewundern. Ich beobachte, wie er sich entscheidet, sich näher heranzulehnen, um an meinem steifen rosa Nippel zu saugen. Als er ihn in den Mund nimmt, ist er nicht besonders sanft. Er saugt so stark, dass ich nach Luft schnappe, dann beißt er sanft auf die Spitze. Es ist eine Mischung aus Schmerz und Lust.

"Das sieht so verdammt heiß aus", atmet Nathan in mein Ohr. "Fühlt sich das gut an, Baby? Stehst du drauf, wenn er dich beißt?"

Ich nicke und drehe mich, bis ich in Nathans Augen

schaue. Sie glühen vor Begierde, und seine Lippen sehen errötet aus von all den Küssen, mit denen er mich verwöhnt hat. Ich lehne mich zu ihm und lecke sanft an seiner Oberlippe, um herauszufinden, ob er genauso schmeckt wie sein Bruder. Sie müssen andere Zahnpasta verwenden, denn Nathan schmeckt nach Pfefferminz und Ethan nach Spearmint. Sie küssen auch anders. Ethan ist kühner und hat seinen Kuss besser im Griff, während Nathan mehr auf meine Bewegungen zu reagieren scheint.

Ich habe noch nie etwas so erregendes gefühlt, wie die Zunge jemandem in meinem Mund und gleichzeitig eine andere auf meiner Brust. Das ist fast zu viel für mich. Mir ist so heiß zwischen meinen Beinen, und ich habe den verzweifelten Drang, sie für eine gewisse Erleichterung zusammenzudrücken. Dazu muss ich mich nur ganz leicht bewegen, denn Ethan hat ein Knie zwischen meinen Beinen, und während ich versuche, meine Position zu korrigieren, hält er eines meiner Beine fest.

"Ich weiß, was du vorhast", flüstert er mir ins Ohr und sieht zu, wie sein Bruder mich langsam und tief küsst. "Du willst deine Beine zudrücken, aber ich lasse es nicht zu, Carrie. Ich will, dass du so erregt bist, dass du kommst, sobald ich meine Zunge auf deinen Kitzler presse."

Ich winde mich wieder, denn seine Worte hätten genauso gut seine Zunge sein können. Mein Kitzler fühlt sich heiß und geschwollen an, und ich weiß, dass ich feucht bin, weil ich ein fast schmerzendes Gefühl habe. Dieses Gefühl, das dir verrät, dass du bereit bist.

Das Problem ist, dass Nathans Kuss so verdammt gut ist, dass ich mich nicht zurückziehen will. Ich nehme sein Gesicht in meine Hände, um ihn fester an mich zu drücken, und berühre seine Zunge mit meiner. Ich spüre, wie sich die Couch verschiebt, als Ethan hinter mir in Stellung geht. Aber er küsst meinen Nacken nicht wie sein Bruder. Nein. Das wäre zu brav für Ethan. Eth zieht den Stoff meines Oberteils hoch und leckt an meiner Wirbelsäule hoch, als wäre ich das leckerste Eis am Stiel der Welt. Ich wusste nicht, dass mein Rücken so sensibel ist. Ich wusste nicht, dass sein feuchter Mund so nah an meinem Arsch mich dazu bringen würde, direkt in Nathans Mund zu stöhnen.

Es ist, als ob dieses Stöhnen in Nathan einen Schalter umlegt. Küssen ist nicht genug. Er will mehr.

Das sagt er mir aber nicht. Er nimmt einfach meine Hand von seiner Wange und drückt sie direkt in seinen Schoss. Ich weiß, ich sollte nicht überrascht sein. Wir sind nicht auf dieser Couch, um Brettspiele zu spielen. Und ich sollte nicht wirklich überrascht sein, als ich merke, dass er hart ist. Wenn er seinen Finger gegen meine Klitoris drücken würde, würde er auch merken, dass sie geschwollen ist. Und ich sollte nicht so überrascht sein über die Größe, die gegen meine Handfläche drückt. Ich habe die Gerüchte über die Stanmore-Zwillinge gehört, genau wie alle anderen auch. Ihre Schwänze sind der Stoff, aus dem Legenden entstehen. Nath hat immer noch seine Jogginghose an und sogar durch den weichen Baumwollstoff hindurch, merke ich, dass die Gerüchte, die ich gehört habe, wahr sind.

Er ist riesig, genau wie Katelin gesagt hat.

Mein Verstand scheint zu stottern, als mir die bevorstehende Herausforderung in meiner Hand bewusst wird. Es ist Monate her, dass ich Sex hatte und ich weiß, dass ich ziemlich eng bin. Dann, als mir klar wird, dass hinter mir noch ein Schwanz ist, der wahrscheinlich ein

Spiegelbild von dem ist, was ich in meiner Hand habe, scheint sich mein Gehirn in Panik aufzulösen. Ich bin beim besten Willen kein großes Mädchen. Die Zwillinge müssen sich bücken, um mich zu küssen. Zwischen den Zwillingen fühle ich mich winzig klein. Ein riesiger Schwanz wäre schon beängstigend genug.

Wie zum Teufel soll ich mit zweien umgehen?

Gerade als ich den Drang bekomme aufzuhören und mit den Armen in der Luft wegzurennen und "zu groß! zu groß!" zu schreien, erblicke ich Nathans Gesicht. Er beobachtet meine Hand, die jetzt einen festen Griff um seinen noch bekleideten Schwanz hat, seine Augen folgen meinen Bewegungen auf und ab, langsam und qualvoll. Sein Gesicht ist ein Bild der Erregung; seine Haut errötet und der Mund ist vor Lust geöffnet.

"Scheiße, Carrie. Hör nicht auf", sagt er und bewegt seine Hüften in Richtung meiner Handfläche, als wolle er wirklich anfangen mich zu penetrieren. Sein Schwanz fühlt sich so schwer in meiner Hand an, aber das reicht mir nicht. Ich will ihn sehen. Ich möchte ihn spüren, ohne dass so viel Stoff zwischen uns ist. Ich war noch nie ein besonders selbstbewusster Mensch in einer solchen Situation. Ich habe meinen letzten Freund alles machen und die Grenzen verschieben lassen, weil es sich für mich einfach nicht richtig anfühlte, es selbst in die Hand zu nehmen. Deshalb bin ich über mich selbst überrascht, als ich in den Hosenbund von Nathans Jogginghose greife und meine Finger um die heiße, glatte Haut seines nackten Schwanzes wickle.

In meiner Hand fühlt es sich schon einschüchternd genug an, aber als ich endlich den Mut aufbringe, einen Blick auf ihn zu werfen, verschlägt es mir den Atem.

Meine Finger können ihn nicht umfassen und ich bräuchte mindestens drei Hände, um ihn von unten bis oben festhalten zu können.

OH.

MEIN.

GOTT.

Mein Mund ist so trocken, aber meine Muschi zeigt eine gegenteilige Reaktion, während sie sich danach sehnt, ihn zu umhüllen und so feucht ist, dass sie fast tropft. Zum ersten Mal in meinem Leben habe ich den verrückten Drang, einen Schwanz in den Mund zu nehmen, aber ich bekomme keine Chance, denn was immer ich mit meiner Hand mache, scheint auszureichen.

"Oh", keucht Nathan, und Ethan hört auf, meine Schultern zu küssen, um zu sehen, was passiert. Ich frage mich, was er denkt, als er sieht, was ich tue. Ist es komisch für ihn, zu sehen, wie sein Bruder sich einen runterholen lässt? So ähnlich wie sich selbst zu sehen, aber ohne das direkte Vergnügen? Ich schätze, es ist nicht das erste Mal, dass sie ein Mädchen im Team vernascht haben, wenn man den Gerüchten Glauben schenken darf. Die Zwillinge machen so ziemlich alles zusammen. Wenn ich jetzt darüber nachdenke, habe ich noch nie mitbekommen, dass sie beide gleichzeitig eine Freundin haben. Es war immer nur ein Mädchen dabei. Vielleicht sind die Mädels nicht nur mit einem der Zwillinge ausgegangen, wie ich angenommen hatte, sondern mit beiden gleichzeitig.

"Sag mir, wie es sich anfühlt", befiehlt Ethan von hinten.

"Hart", sage ich mit einer atemlosen Stimme, die verrät, wie angeturnt ich bin. "Heiß."

Ich spüre die Glätte in meiner Handfläche, während

Nathans Erregung wächst, und ich benutze sie, um meine Hände rutschiger zu machen.

"So ist es gut", drängt Ethan im Namen seines Bruders. "Mach einfach so weiter, dann wird er dich anflehen."

"Scheiße", knurrt Nathan. Er hält sein T-Shirt mit einer Hand hoch, damit er das Geschehen beobachten kann. Meine Fresse, sein Schwanz reicht bis zum Bauchnabel. Ich habe über solche Schwänze gelesen, auf meinem Kindle unter meiner Bettdecke, aber ich hätte nie gedacht, dass ich selbst einmal so einen sehen würde. Mit hochgezogenem T-Shirt habe ich einen fantastischen Blick auf seine Bauchmuskeln, und ich streiche mit meiner Hand über seine Haut dort, damit ich spüren kann, wie sich seine Muskeln bewegen.

"Willst du mehr sehen?", fragt er, fasst sein T-Shirt am Rücken an und zieht es über seinen Kopf. Und dann starre ich auf einen Körper, der jeden Monat auf der Titelseite des GQ erscheinen sollte. Engel sollten bei seinem Anblick singen. Bloße Sterbliche sollten sich verneigen und ihn anbeten.

"Gott, Nath", flüstere ich. "Du bist so heiß."

Er grinst und stößt seinen Schwanz gegen meine Handfläche. "Ich fänd's besser, wenn ich dich beobachten kann."

Hinter mir fühle ich, wie Ethan den Saum meines Tops greift und anfängt, es mir hochzuziehen. Nathan loslassen zu müssen sendet eine Welle des Bedauerns durch meinen Körper. Ihn zu berühren fühlt sich so richtig an, dass ich nicht aufhören möchte.

Ich hebe meine Hände nach oben und Ethan zieht mir das Oberteil und den BH aus. Die Temperatur in unserem Haus ist angenehm, aber meine Brustwarzen sind immer noch hart genug, um Jacken daran aufzuhängen. Ich will meine Brüste bedecken, weil ich mich so nackt fühle, aber Nathan nimmt meine Handgelenke in die Hand und drückt meine beiden Hände auf die Couch. "Bedeck dich nicht", flüstert er. "Ich habe so lange darauf gewartet, dich so zu sehen."

Ethan bewegt sich um mich herum, bis er auf dem Boden kniet. Während Nathan meine Hände hält, lehnt sich Ethan weiter zu mir, um mich zu berühren. Ich habe den Drang zu kämpfen, nicht, weil ich will, dass sie aufhören, sondern weil der Gedanke, sich ihnen zu widersetzen und überwältigt zu werden, schon immer Teil meiner Fantasie war. Das ist der Vorteil von zweien, nicht wahr?

Einer, der es ausführt und einer, der mich festhält und kontrolliert.

Ein Schauer der Erregung durchströmt mich, als Ethan sich nach vorne beugt, um die Spitze meiner Brustwarze zu lecken. Es sieht so schmutzig aus und fühlt sich so intensiv an, obwohl es nur eine leichte Berührung ist.

"Das hat ihr gefallen", sagt Nathan. "Mach es noch mal."

Ethan schaut zu mir hoch, als er es wieder tut, und die Kombination seiner warmen Zunge, der kühlen Luft und dieser Augen, die kalt wie Eis, aber heiß wie Feuer sind, ist einfach zu viel für mich. Mein Körper zuckt, als wäre ich verbrüht worden, und die beiden Jungs lachen.

"Scheiße, Carrie", sagt Ethan und grinst. "Ich glaube, ich könnte dich so zum Kommen bringen."

Ich schüttle den Kopf, weil ich nicht denke, dass das tatsächlich möglich wäre und Ethans Übermut trifft einen Nerv bei mir, der mich dazu bringt, allem, was er sagt, widersprechen zu wollen.

"Können wir dich zum Kommen bringen, Baby?" fragt Nathan. Sein höflicher Ton ist ein solcher Kontrast zu dem seines Bruders, dass ich am liebsten laut loslachen würde. Wie können sich zwei Menschen äußerlich so ähnlich, aber innerlich so unterschiedlich sein?

Dies scheint ein entscheidender Moment in dem ganzen Geschehen zu sein. Ich weiß, dass sich das dumm anhört, denn ich sitze hier mit nackten Brüsten, nachdem ich gerade den Schwanz meines Stiefbruders berührt habe. Aber einen Schritt weiter zu sein, fühlt sich irgendwie bedeutend anders an. Was wir bisher gemacht haben, ist ein Herumalbern auf High-School-Niveau. Sobald ich meine Hose ausziehe, steigen wir in die große Liga auf.

Als ob Nathan mein Zögern spüren würde, bittet er Ethan, sich zurückzulehnen. Nathan lässt meine Handgelenke los, und beide starren mich mit besorgtem Gesichtsausdruck an. Ethans Stirn ist gerunzelt und Nathan hat seine Hand auf seinem Herzen ruhen. Ich weiß, dass sie beide hart sind. Zum Teufel, ich habe keinen Schwanz, und ich poche zwischen den Beinen. Ich weiß, wie sehr sie sich wünschen, dass es weitergeht. Seit sie in mein Haus eingezogen sind, kann ich kaum noch an etwas anderes denken. Die Tatsache, dass sie mir Raum geben, damit ich mich meiner Gefühle sicher werden kann, überwältigt mich. Ich bin mir ziemlich sicher, dass die meisten Jungs an diesem Punkt vorwärts drängen würden, aber sie tun es nicht.

"Alles in Ordnung, Carrie?" fragt Nathan. "Findest du das komisch? Sind wir zu schnell?"

"Machen wir dir Angst?" fragt Ethan, und diese Frage treibt mir die Tränen in die Augen. Ich hätte erwartet, dass

Nathan besorgt ist. Er war schon immer mehr in Kontakt mit meinen Gefühlen. Ich erinnere mich an eine Begegnung mit einem Typen, der mich in einem Nachtclub in den Hintern kniff. Nathan wusste, sobald er mich sah, dass etwas passiert war. Dass Ethan sich Sorgen macht, dass Ethan meinen Handrücken zärtlich streichelt, gibt mir die Gewissheit, dass das hier in Ordnung ist.

"Ihr macht mir keine Angst", sage ich leise und strecke die Hand aus, um ihre Wangen zu berühren. "Und es geht mir gut, alles in Ordnung. Das ist nur ein wenig überwältigend für mich. Aber es ist gut. Ich will das."

Nathan nickt und dreht sich dann zu seinem Bruder um. "Sollen wir dich nach oben bringen?"

Ethan stimmt zu, steht auf und beginnt, unsere Kleidung aufzuheben. Nathan steht auf und streckt seine Hand aus. Ich ergreife sie und genieße, wie groß seine Handfläche ist und wie winzig ich mich fühle, wenn ich neben den beiden stehe. Nathan lächelt mich an, lässt dann meine Hand los und hebt mich hoch, als ob ich nichts wiege.

"Na dann los", sagt er. "Es ist Zeit für das Hauptgericht."

Ethan führt, verschließt unterwegs die Haustür und schaltet das Licht unten aus. Es fühlt sich so lächerlich häuslich an. Nathan schwebt die Treppe hinauf, als ob er ein Kissen trägt und keine 60 Kilo schwere Frau. Ich fühle mich dumm, wie ich hier oben ohne und wie eine Braut die Treppe hochgetragen werde. Den Jungs scheint es aber zu gefallen.

Als wir in ihrem Zimmer ankommen, fällt mir sofort ihr Duft auf - die Mischung ihrer Duschprodukte und den Geruch ihrer Haut. Ich kuschle mich an Nathans Brust, atme ein und fühle mich schwach.

"Ich liebe es, wie du riechst", sage ich, und er grinst und beugt sich für einen sanften Kuss vor, der die Schmetterlinge in meinem Bauch in einen Rausch versetzt.

Nathan legt mich sanft auf Ethans Bett ab. Ihr Zimmer ist groß genug für zwei Betten, in denen zwei riesige Männer Platz haben. Ich verschränke meine Arme vor meinen Brüsten, weil ich mich immer noch nicht wohl genug fühle, so unbedeckt vor ihnen zu liegen. Ethan macht eine Leselampe an und schaltet das Hauptlicht aus. Nathan fummelt an seinem Handy herum und dann ertönt leise Musik aus den Lautsprechern in der Ecke des Zimmers.

Als die Stimmung eingestellt ist, sind die Jungs wieder da, wo wir aufgehört haben. Ethan zieht sein Hemd aus und tritt aus seiner Hose. Sein Schwanz ist eng an seinen Körper gepresst, von seiner Calvin Klein Boxershorts eingeengt und ich kann meine Augen nicht davon abwenden, wie er sich nach links wölbt. Als Nathan seine Hose fallen lässt, stelle ich fest, dass er sich nach rechts wölbt.

"Zieh dich aus, Carrie", sagen sie gleichzeitig. Es scheint ihnen nicht einmal bewusst zu sein, dass sie unisono gesprochen haben. Vielleicht sind sie daran gewöhnt. Ihre Aussage hat eine doppelt so starke Wirkung. Schüchtern stelle ich mich hin und schiebe meine Yogahose über meine Hüften. Als sie nach unten und über meine Oberschenkel fallen, sehe ich die Augen der Zwillinge, die es ganz genau beobachten. Ich habe jetzt nur noch mein schwarz-pink gepunktetes Höschen und weiß nicht, was ich als nächstes tun soll. Soll ich sie ausziehen oder warten, bis die Jungen das tun? Sie sagten allerdings

"Kleidung", also nehme ich an, dass sie alles meinten.

Ich greife mit meinen Fingern die Seiten meines Höschens, aber bevor ich es ausziehen kann, kommen Ethan und Nathan schnell an meine Seiten. Sie bewegen meine Hände weg und halten jeweils eine Seite meines Höschens fest. Es ist eine langsame Folter, als sie anfangen, sie herunterzuziehen. Als sich der Stoff an meinen Oberschenkeln vorbeibewegt, fällt Nathan auf die Knie und vergräbt sein Gesicht zwischen meinen Beinen. Er atmet tief ein, kuschelt mit dem kleinen Fleckchen weichen Haares, das ich dort habe, hinterlässt sanfte Küsse und bewegt sich immer tiefer und tiefer, bis seine Unterlippe gegen meine Klitoris drückt. Ethan bewegt sich hinter mir und legt seine Hände um mich, damit er meine Brüste streicheln kann. Jedes Kneifen an meinen Brustwarzen macht meine Knie schwach. Ich sehe zu, wie Nathan wieder tief einatmet. Es ist, als könne er nicht genug davon bekommen, wie ich rieche, und es macht mich so geil zu wissen, dass es ihm gefällt.

Meine Knie fangen an zu zittern, als er die Spitze seiner Zunge benutzt, um meine Klitoris zu berühren. Sie ist so geschwollen und heiß, dass der Kontakt mich aufstöhnen lässt und meine Hüften nach vorne bewegt, um den Druck zu erhöhen. Nathan fährt mit seinen Händen an der Innenseite meiner Oberschenkel hoch und stupst sie auseinander, gerade so weit, dass ich die kühle Luft gegen meine Nässe spüre. Ethan zerrt im gleichen Rhythmus an meinen Brustwarzen, wie Nathan mich leckt, und es fühlt sich an, als würde mein Körper auf links gedreht und neu verkabelt werden. Es gibt Verbindungen in mir, von denen ich nicht einmal wusste, dass sie existieren, Verbindungen, die mich so schnell an den Rand des Orgasmus bringen, dass ich fast nicht glauben kann, dass es passiert.

In all meinen Fantasien waren die Zwillinge großartige Liebhaber gewesen. In all meinen Fantasien hatten sie es mir richtig gut besorgt. Wenn ich nachts im Bett lag und über die Dinge nachdachte, die wir gerade tun, habe ich mich innerhalb von Minuten winden und rekeln müssen. Ich bin es gewohnt, zu kommen, weil ich sie in meinem Kopf habe, aber nicht, weil sie vor mir knien oder mich von hinten streicheln. Ethans Hände und Nathans Zunge zu betrachten, die ihr Bestes geben, ist eine emotionale Überlastung. Ich spüre Nathans Hand zwischen meinen Beinen und weiß, was er tun wird. Er wird seine Finger in mich stecken und ich werde mich nicht zusammenreißen können. Ich weiß, dass ich auf seinem Gesicht kommen würde. Er wird spüren, wie nass ich bin, und beide werden mich stöhnen hören, weil ich es nicht zurückhalten kann.

Was kommt, ist zu groß.

Als mindestens zwei seiner dicken Finger in mich hineinstoßen und bis zum Anschlag in mich hineindrücken, lehne ich mich zurück in Ethans Arme.

"Ich habe dich, Baby", flüstert er mir heiser ins Ohr. "Lass dich gehen."

Ich schüttle den Kopf, aber er will mich überzeugen: "Doch, tu es. Zeig Nathan, wie gut er es dir besorgen kann."

Es ist dieser Gedanke, der mich dazu bringt, meine Augen zu schließen und meine Hüften in kurzen, scharfen Bewegungen gegen Nathans Zunge zu bewegen. Obwohl sich ein Teil von mir immer noch so sehr schämt, dass ich meinen niederen Wünschen nachgebe, möchte der andere Teil von mir, dass sie wissen, wie sehr es mir gefällt. Und wenn ich es ihnen auf diese Weise zeigen kann, kann ich es genauso gut mit Stil tun.

Nathan pumpt mit seinen Fingern, wobei die Spitzen gegen eine Stelle in mir streichen, die sich extrem gut anfühlt.

"Oh, Gott," höre ich meine verzweifelt klingende Stimme und erkenne sie fast nicht wieder.

"Das war's", sagt Ethan. Ich fühle, wie seine Erektion gegen meinen Rücken drückt. Er lässt eine Hand von meinen Brüsten ab und ich weiß, dass er nach unten greift, damit er sich selbst berühren kann. Ich spüre, wie er seinen Schwanz herauszieht, weil der nasse Kopf des Schwanzes gegen meine Haut gleitet und Ethans Hand sich in langen, langsamen Zügen auf und ab bewegt. "Das war's", sagt er wieder, diesmal fast verträumt. "Fick sie mit deinen Fingern, Nathan. Öffne sie, damit sie uns aufnehmen kann."

Ich fühle, wie Nathans Finger in mir auseinandergehen wie eine Schere und das war's. Ich kann mich nicht mehr zusammenreißen. Ich komme so heftig, dass meine Knie nachgeben. Die Zwillinge halten mich hoch, als die intensivste pulsierende Welle der Freude über mich hereinbricht. Meine Wände klemmen sich so fest um Nathans Hand, dass er sich bemühen müsste, seine Finger zu herauszuziehen, aber er versucht es nicht einmal. Er dreht sie einfach langsam weiter, während der Orgasmus mich in eine andere Welt bringt. Es ist schön und warm. Mein Kopf fühlt sich leicht an, als ob alle meine Sorgen beiseitegeschoben worden wären, und es herrscht nur noch Ruhe. Aber ich kann nicht sehr lange hier bleiben.

Nathans Handy klingelt.

6

ZWEI GUTE GRÜNDE

Nathans lauter Klingelton scheint die Atmosphäre wie eine Machete zu zerschneiden. Seine Finger sind immer noch in mir, und sein Gesicht ist so nah an meiner Muschi, dass ich seinen Atem auf meinem Oberschenkel spüren kann. Ethan hält immer noch einen meiner Nippel, aber die Hand, die seinen Schwanz hielt, bewegt sich nicht mehr. Es ist, als ob die reale Welt in unsere kleine Kuppel der Lust geplatzt wäre und wir alle aus dem sexuellen Traum, den wir hatten, aufgewacht sind.

Niemand bewegt sich. Schließlich hört das Handy auf zu klingeln, und ich sehe, wie Nathan mir über die Schulter schaut und seinen Bruder ansieht. Der Klingelton ist jetzt verstummt und der Raum ist so still geworden, dass das nasse Geräusch als Nathan seine Finger aus mir zieht, zu hören ist.

Dann beginnt das Handy wieder zu klingeln. Nathan

steht von seinen Knien auf und schaut auf den Bildschirm. Sein Gesichtsausdruck ist schuldig, als er zu uns hinüberblickt.

"Es ist Papa", sagt er. "Ich gehe besser ran."

"Was zur Hölle?" keift Ethan ihn an. "Er will wahrscheinlich nur sichergehen, dass wir alle zu Hause sind. Ignoriere es einfach."

Nathan schüttelt den Kopf und entsperrt den Bildschirm, um seinen Vater zurückzurufen. "Hey, Dad", sagt er und klingt dabei lächerlich fröhlich und überhaupt nicht echt.

Ich höre die gedämpfte Stimme von Wendell und Nathan weichen alle Züge aus dem Gesicht. "Was ist passiert?", fragt er und klingt schockiert. Sofort ziehe ich mich von Ethan weg, greife meine Hose vom Boden und ziehe sie eilig an. Ethan berührt meinen Arm, und als ich mich umschaue und mit meinen Händen meine Brüste bedecke, schüttelt er seinen Kopf.

Ich runzele die Stirn und deute mit einem Nicken zu Nathan, der mit einem kreidebleichen Gesicht dreinblickt. Alles, was er immer wieder sagt, ist "okay", immer und immer wieder, und er schreibt sich Sachen auf. Das scheinen keine guten Nachrichten zu sein. Ich finde mein Top und ziehe es an, wobei ich meinen BH und mein Höschen peinlich berührt anziehe. Ich schaue mir an, was Nathan auf den Block geschrieben hat. Es ist die Adresse eines Krankenhauses in einer Stadt, die etwa zwei Autostunden von zu Hause entfernt ist. Ich frage Nathan: "Was ist los?", aber er schüttelt den Kopf, als müsse er sich auf den Anruf konzentrieren. Er schreibt noch mehr Sachen auf. Versicherungsunterlagen, Maggies Decke.

Mein Herz schlägt schneller, als ich den letzten Punkt

lese. Mamas Decke ist etwas Besonderes. Ihre Oma hat sie gehäkelt, als sie klein war. Es ist eines der wertvollsten Dinge, die sie besitzt. Warum sollte Wendell Nathan danach fragen? Ethan ist jetzt an meiner Seite, und er zieht mich in eine unbeholfene Umarmung, der ich mich zuerst widersetze, aber dann sinke ich in sie hinein. Ich bin so dankbar für seine Stärke, weil ich weiß, dass etwas Schreckliches passiert ist, und in ein paar Sekunden wird Nathan auflegen, und dann wird er es uns sagen, und ich habe so verdammt viel Angst.

"Okay, Dad. Das werden wir", sagt Nathan. Dann ist es still.

"Was geht hier vor?" Ich kann Ethans Herz in seiner Brust schnell schlagen hören. Es ist ein Rhythmus, der sich sehr nach Panik anhört und zu meinem eigenen passt.

"Sie hatten einen Unfall." Nathan legt seine Hand auf meinen Rücken. "Dad ist mit ein paar kleinen Kratzern davon gekommen, aber Maggie..." Seine Stimme verstummt und ich drehe mich herum, bis ich ihm gegenüber stehe.

"Was?" bringe ich mit Mühe heraus. "Was ist mit Mama passiert?"

Nathans Augen sehen glasig aus und ich verliere die Kontrolle. "Was zum Teufel, Nathan. Sag es mir einfach. Sonst raste ich aus."

"Sie ist im Operationssaal. Ihre Leber wurde beschädigt, und sie versuchen, sie zu retten."

Zum zweiten Mal in dieser Nacht versagen mir die Knie, und die beiden Zwillinge stützen mich. Ethan zieht mich nach hinten gegen seine Brust und streicht mir über die Haare und murmelt Dinge, von denen ich weiß, dass sie beruhigend sein sollen, aber ich registriere sie nicht.

Meine Mutter ist alles für mich. Sie und ich sind schon so lange zusammen, und ich kann den Gedanken nicht ertragen, dass sie irgendwo verletzt wird und ich nicht da bin.

"Wir müssen los", sage ich. "Wir müssen jetzt sofort losfahren."

"Okay." Nathan beginnt sich anzuziehen. Ethan lässt mich nicht gehen, bis sein Zwilling in der Lage ist, meine Betreuung zu übernehmen. Dann zieht er sich ebenfalls in Rekordgeschwindigkeit seine Kleidung an. Ich höre, wie er die Tür öffnet und durch den Flur in das Zimmer unserer Eltern geht. Er öffnet und schließt die Schubladen; ich nehme an, dass er die Dinge, von denen er glaubt, dass sie gebraucht werden könnten, zusammenpackt.

Ich habe das Gefühl, dass ich nicht atmen kann, und Nathan scheint das zu spüren, denn er lässt mich los und nimmt mein Gesicht in seine Hände. "Alles wird gut", sagt er ruhig und entschlossen. "Sobald Eth fertig ist, steigen wir ins Auto und fahren los. Wenn wir ankommen, ist deine Mum schon aus dem OP raus. Du wirst sie dann sehen können, okay, Carrie? Du wirst sehen können, dass es ihr gut geht."

"Das weißt du nicht", sage ich, und die Tränen, gegen die ich gekämpft habe, laufen mir aus den Augen und bilden kühle Spuren auf meinen Wangen.

"Ich weiß es aber. Alles wird gut", sagt Nathan, und aus irgendeinem seltsamen Grund glaube ich ihm. Er ist so stark und kontrolliert, als müsste er die Dinge nur wollen und sie dann passieren. Ich bete zu denen, die meine Gedanken erhören, dass sie meine Mutter beschützen, dass sie auf Nathan hören und das es genauso wird, wie er sagt. Ich weiß nicht, was ich tun würde, wenn...

"Ich habe alles", sagt Ethan hinter mir. "Lass uns losfahren."

Ich schaue an mir herunter und stelle fest, dass ich so nirgendwo hinfahren kann. "Ich muss mich fertig machen." Plötzlich laufe ich auf Autopilot. Der Teil eines Menschen, der sich in einer Krise mit den grundlegenden Dingen beschäftigt, kümmert sich jetzt. Ich entferne mich von Nathan und gehe den Flur hinunter in mein Zimmer. Ich höre, dass sie mir folgen, aber ich kann sie jetzt nicht mehr ansehen. Wenn ich die Besorgnis in ihren Gesichtern sehen würde, verliere ich meine Fassung. Ich würde zusammenbrechen und wäre für niemanden mehr zu gebrauchen. Ich ziehe eine Jeans und einen Kapuzenpullover aus meinem Schrank und etwas saubere Unterwäsche. Ich lege meine Jogging-Kleidung ab und betrachte mich im Spiegel, als ich fertig angezogen bin. Meine Lippen sind vom Küssen geschwollen, und ich habe einen kleinen Fleck am Hals, weil einer der Zwillinge etwas zu eifrig war. Ich bin geprägt von dem, was wir getan haben, und das die ganze Zeit, während meine Mutter gelitten hat. Ich nehme eine Bürste und versuche, die Knoten aus meinen Haaren zu ziehen - so fest, dass es wehtut.

Meine Handtasche und mein Handy liegen noch immer auf meinem Bett, wo ich sie hingelegt habe, also packe ich sie ein.

"Okay?" fragen die Zwillinge gleichzeitig.

"Ja", sage ich. "Lass uns gehen."

7

ZWEI SCHULTERN SIND NICHT BESSER ALS EINE

Wir fahren schweigend zum Krankenhaus, während Nathans Lieblingsband leise im Hintergrund spielt. Ich starre aus dem Fenster und betrachte alles, woran wir vorbeifahren, nehme aber nichts wirklich wahr. Es ist, als ob mein Verstand an dem Punkt erstarrt ist, als Nathan den Anruf entgegen genommen hat, und er wird nicht wieder anfangen, bis wir dort ankommen.

Es sind die längsten und kürzesten zwei Stunden meines Lebens; verschwommene Gedanken und alles, was mit Ethan und Nathan zu tun hat, wurde durch Wendells Anruf unterbrochen. Ich kann Nathan nur von meinem Platz aus sehen, und sein Profil sieht extrem ernst aus, als wir auf den Krankenhausparkplatz fahren. Ethan dreht sich um und schaut mich über seine Sitzlehne hinweg an und ich sehe, dass es ihn entspannt.

"Wir sind da, Carrie", sagt er, aber es ist, als ob er mir eine Frage stellen würde. Werde ich in der Lage sein, dort hineinzugehen und mit dem fertig zu werden, was wir herausfinden werden? Ich habe keine Antwort, aber ich nicke trotzdem, und das scheint ihm zu reichen. Nathan findet einen Parkplatz. Die Luft ist so kalt, vor allem jetzt nach Einbruch der Dunkelheit. Ich ziehe meinen Pullover näher an meinen Körper heran und stecke meine Hände in den Taschen. Ethan öffnet den Kofferraum, um die Sachen herauszuholen, die er zu Hause gepackt hat.

Ich nehme einen Geruch wahr, den alle Krankenhäuser an sich zu haben scheinen, wahrscheinlich eine Mischung aus Desinfektionsmittel und Essen, aber es scheint nach etwas Unheimlicherem zu riechen - Krankheit und Tod. Ich folge den Zwillingen, während sie sich ihren Weg durch die Korridore bahnen und ab und zu nach dem Weg fragen. Sie sehen mich immer wieder an, und ich weiß, dass sie wahrscheinlich meine Hand halten wollen, aber das wäre seltsam. Es bleibt das Gefühl, dass zwischen uns etwas unterbrochen wurde. Es ist, als ob das Schicksal eingegriffen hat, um unsere Dummheit zu beenden. Ich spüre schlimme Stiche von Schuldgefühlen in meiner Magengrube.

Wir biegen um eine Ecke ab, bevor wir ein kleines Wartezimmer erreichen. Wendell sitzt dort mit dem Kopf in seinen Händen. Er hat Schürfwunden an Fingern und Handgelenken. Und einen kleinen Verband an seiner Stirn.

"Papa", sagen die Zwillinge gleichzeitig.

Wendell ist in Sekundenschnelle auf den Beinen und quer durch den Raum zu uns gegangen. "Carrie", sagt er und zieht mich in eine Umarmung. "Sie ist aus dem Operationssaal und auf dem Weg der Besserung. Sie meinten, dass es den Umständen entsprechend gut lief und dass wir jetzt nur noch beten müssen."

"Beten?" Meine Stimme klingt leer und hohl.

Wendell nickt, und ich drehe mich um, um mir einen Platz zu suchen. Meine Beine sind schwach, als ob sich meine Knochen aufgelöst hätten. Auch meine Hände fühlen sich schwach an. Ich bin sicher, wenn ich etwas festhalten würde, würde es mir aus den Händen fallen.

Ich höre, wie die Zwillinge ihrem Vater Fragen über den Unfall stellen, aber ich kann seine Antworten nicht hören. Ich schließe meine Augen und denke an meine Mutter. Ich verspreche, dass ich in allem mein Bestes geben werde, wenn meine Mutter nur überlebt. Ich werde mich am College mehr anstrengen. Ich werde mehr Aufgaben im Haus erledigen, ohne mich zu beschweren. Ich werde ehrenamtlich arbeiten und die Dinge tun, die ich schon immer tun wollte und nie erreicht habe; es gibt eine örtliche Tafel, die ich unterstützen möchte, und eine Suppenküche für Obdachlose. Ich werde ein besserer Mensch sein, jemand, der sich um andere kümmert. All das ist gut, aber ich weiß, dass es nicht genug ist. Ich weiß, dass ich mich stärker engagieren muss. Wenn das Schicksal meinte, dass das, was ich mit Ethan und Nathan gemacht habe, so falsch war, muss ich dafür sorgen, dass es nicht wieder passiert. In diesem Moment verspreche ich, dass ich aufhören werde, auf diese Weise über meine Stiefbrüder zu denken. Wir werden wieder eine Familie werden. Es ist noch nicht zu spät. Wir können alles darauf schieben, dass wir jung und dumm sind. Ich werde den Zwillingen sagen, dass wir es besser hätten wissen müssen.

Ich hätte es besser wissen müssen.

Wir sitzen und warten. Stunden vergehen wie im Auto,

und mein Geist ist vernebelt von Sorgen und Müdigkeit. Ethan und Nathan nehmen auf beiden Seiten neben mir Platz. Ich weiß nicht, wann ich einschlafe, aber ich wache mit dem Kopf im Schoß von jemandem auf, eine schwere Hand auf meiner Schulter und eine andere auf meiner Hüfte. Ich versuche, mich umzudrehen, aber ich bin so steif vom unbequemen Schlafen, dass ich mich hochquälen muss.

"Hey", sagt jemand von der anderen Seite des Raumes. Es ist Wendell. Er sieht viel besser aus als gestern Abend.

"Geht es ihr gut?" frage ich heiser.

"Es geht ihr gut." Sein Lächeln erhellt sein Gesicht. "Sie ist groggy von all den Medikamenten, aber sie hat meine Hand gedrückt und konnte ein paar Worte sagen. Die Ärzte sind sehr zufrieden mit ihren Fortschritten."

Ich setze mich auf und freue mich über die Neuigkeiten. Mama geht es besser. Vielleicht haben meine Versprechungen einen Unterschied gemacht, oder vielleicht auch nicht. Was auch immer. Ich fühle mich gut, weil ich sie gemacht habe, und dass es Mom besser geht, ist alles, was zählt.

Ich sehe Mom an diesem Tag nicht mehr. Sie wollen die Besucherzahl im Falle einer Infektion auf ein Minimum beschränken. Wir beschließen, in einem Hotel um die Ecke vom Krankenhaus unterzukommen. Wendell bleibt im Krankenhaus, und die Zwillinge und ich fahren dorthin. Ich fühle mich wie der wandelnde Tod. Der ganze Stress hat mich wirklich fertig gemacht. Ich erwische sie dabei, wie sie sich gegenseitig anschauen und sich etwas sagen, aber ich weiß nicht, was. Vielleicht machen sie sich nur Sorgen um mich. Die Intimität, die wir geteilt haben, hängt zwischen uns, obwohl unsere Gedanken ganz woanders sind.

Nathan geht zur Rezeption und will ein Familienzimmer buchen, aber ich bitte um ein Einzelzimmer. Die beiden Zwillinge runzeln die Stirn, aber sie zahlen trotzdem. Ich nehme meine Schlüsselkarte, und wir machen uns auf den Weg in Richtung unserer Zimmer. Wir kommen zuerst an meine Tür, und es ist extrem unangenehm.

Ich stecke die Schlüsselkarte in die Tür und drücke sie auf. Ich fühle, wie die Jungs näher kommen, als wollten sie mit mir in das Zimmer kommen, aber ich bleibe stehen und drehe mich um. "Ich brauche etwas Zeit", sage ich.

"Wir wollen nur sichergehen, dass es dir gut geht." Nathan legt seine Hand auf meine Schulter und drückt mich sanft. Seine Zärtlichkeit treibt mir Tränen in die Augen.

"Mir geht es gut", sage ich und drehe mich um, um sie anzuschauen. Ihre Augen, die normalerweise hellblau leuchten, scheinen stumpf und von dunklen Ringen umrandet zu sein, die von einer schrecklichen Nacht mit unterbrochenem Schlaf und Sorgen zeugen. Ihr Haar ist zerzaust und an ihrem Kinn wachsen Stoppeln. Sie stehen dicht beieinander und ich möchte einfach in ihre Umarmung schlüpfen und mich dort verstecken. Ich möchte aus ihrer Kraft schöpfen und mich ausheulen. Ich möchte ihre beruhigenden Worte hören. Sie würden sich um mich kümmern. Das weiß ich.

Sie sind so nah, aber ich bin allein. Anders geht es nicht. Ich trete zurück in den Raum, meine Hand am Türgriff als Zeichen, dass sie nicht weiter kommen können. Nathan nickt einmal, als ob er es versteht, aber sein Gesichtsausdruck ist ernst. "Sag Bescheid, wenn du ins Krankenhaus zurückgehen willst", sagt er und ich nicke. Ich schaue ihnen nicht hinterher, als sie zu ihren Zimmern gehen. Ich kann es nicht. Ich habe einen Kloß im Hals, der sich wie ein Felsbrocken anfühlt. Als die Tür hinter mir geschlossen ist, mache ich keine Bewegung, um das Licht einzuschalten. Ich lasse meine Handtasche auf den Boden und mich auf das Bett fallen und weine mich in den   Schlaf.

8

ZWEI WAHRHEITEN UND EINE LÜGE

Mama braucht Monate, um sich von dem Unfall zu erholen. Ich halte meine Versprechen ein, verbringe viel Zeit zu Hause, um Hausarbeiten zu erledigen und ihr das Leben so einfach wie möglich zu machen. Ich arbeite ehrenamtlich bei der Tafel und es ist ein gutes Gefühl, anderen zu helfen. Ich bin auch die beste Schwester, die ich den Zwillingen sein kann, und das bedeutet, dass ich so tue, als wäre vor dem Unfall nichts passiert.

Ich schreibe bessere Noten. Ich erledige alle Hausarbeiten und Klausuren, wie ich es noch nie zuvor getan habe. Ich gehe sogar mehr mit meinen Freunden aus und es macht Spaß. Alles ist großartig – aber irgendwie auch nicht.

Ich habe ein schrecklich leeres Gefühl in mir, das ich nicht mit Versprechungen und besseren Absichten füllen kann. Ich hatte letzte Woche eine Verabredung und es war nett, aber ich will nicht, dass es nur nett ist. Nett lässt den Schmerz nicht verschwinden.

Alle meine Versprechungen fühlen sich gut an, bis auf das, was ich in Bezug auf die Zwillinge gemacht habe. Problem ist, dass es mir damals am wichtigsten schien, und ich kann es nicht mehr rückgängig machen, egal wie sehr ich es auch möchte. Ich sitze am Küchentisch mit einem Glas Eistee, als sie durch die Hintertür hereinkommen. Sie sind außer Atem und triefen vor Schweiß, weil sie joggen waren. Es ist so heiß draußen, dass ich nicht weiß, wie sie sich da bewegen können, aber es scheint sie nicht zu stören.

"Hey, Carrie", sagt Ethan und schiebt einen Stuhl neben mich. Nathan gießt ihnen etwas Wasser ein und nimmt den Stuhl gegenüber von mir, dann trinken sie beide ihre Gläser in einem Zug aus. Sie sind mir so nah, dass ich sie riechen kann und ihr Duft erfüllt meinen Geist und macht mich benommen. Ich zaubere ein Lächeln auf mein Gesicht.

"Was ist los?" frage ich, um das unbehagliche Schweigen zu brechen.

"Im Moment nicht wirklich viel", sagt Ethan. Er meint es als Witz, aber in seiner Stimme höre ich einen Unterton, der mein Herz zum Hüpfen bringt.

Nathan schaut ihn warnend an, aber Ethan zuckt nur mit den Schultern.

"Wie lange willst du noch so weitermachen, Carrie?" fährt Ethan fort.

"Womit weitermachen?" frage ich, aber der Versuch der Unschuld klingt falsch.

"So zu tun, als wäre nichts zwischen uns passiert."

"Ethan", zische ich. "Hör auf damit. Nicht hier."

"Was denn?" protestiert er mit gehobenen Händen, die Handflächen nach vorne. "Es ist Monate her, und es ist, als hättest du es einfach ausradiert. Du willst nicht mit uns reden. Du willst keine Zeit mit uns verbringen."

Nathan lehnt sich weiter vor und legt die Hände auf den Tisch. "Mein Bruder meint, dass wir wissen wollen, was los ist. Wir haben dir Raum gegeben, weil du das brauchtest, aber jetzt müssen wir es wissen, Carrie. Du bist eine Fremde geworden." Ich schüttele den Kopf, aber ich weiß, dass sie Recht haben. Ich habe mich freundlich verhalten, aber auch wenn es für mich nicht natürlich war, war es für sie natürlich komisch. "Wir vermissen dich", fügt Nathan sanft hinzu. "Wir vermissen, wie es vorher war..."

"Bevor meine Mutter fast gestorben ist", sage ich bitter und hoffe, dass sie nachgeben, als sie die Emotionen in meiner Stimme hören.

"Aber das ist sie nicht, oder?" fragt Ethan. Er nimmt meine Hand, aber ich ziehe sie zurück.

"Das wäre sie aber fast", zische ich. "Meine Mutter wäre fast gestorben und was haben wir gemacht, während sie das durchgemacht hat? Wir haben..." Ich kann mich nicht einmal dazu bringen, die Worte laut auszusprechen. "Scheiß drauf", sage ich verärgert. Ich stehe auf, bringe meinen Tee zur Spüle und gieße ihn aus. Ich sehe zu, wie die Flüssigkeit verschwindet und versuche, den Schmerz, den ich im Inneren spüre, nicht wahrzunehmen. Ich will ihnen nicht wehtun. Meine Stiefbrüder sind gute Männer. Sie haben ein gutes Herz. Ich weiß, dass sie nur deshalb darüber reden wollen, weil sie genauso fühlen wie ich. Ich liebe sie. Aber ich kann sie nicht auf diese Weise lieben. Nicht, nachdem ich es versprochen habe.

"Es war nicht deine Schuld, Carrie. Wir haben nichts falsch gemacht."

"Wie könnt ihr das sagen?" Ich wende mich ihnen zu, Wut und Frustration kochen in mir hoch.

"Wie kannst du nur so sein?" Ethan klingt so verwundet. Ich fühle mich schrecklich. Das ist nicht das, was ich wollte. "Du redest so, als würdest du uns abstoßend finden. Wir lieben dich, Carrie. Das haben wir an diesem Abend getan. Wir haben dich geliebt, sonst nichts." Dann steht er auf und geht langsam aus dem Raum, als hätte er die Lasten der ganzen Welt auf seinen Schultern. Nathan dreht sich zu mir um, sagt aber nichts, dann folgt er seinem Bruder.

Liebe.

Es ist nur ein Wort. Fünf kleine Buchstaben. Jeder für sich alleine bedeuten sie nichts. Zusammen bedeuten sie alles. Ich gehe nach draußen und stehe einfach nur da und schaue in unseren Hinterhof. Mama hat wieder gepflanzt, und die Blumen tanzen im Wind.

Sie sagen die Wahrheit. Sie lieben mich. Das weiß ich so sicher, wie ich weiß, dass der Himmel blau ist.

Ich habe eine Wahrheit. Ich habe ein Versprechen gegeben.

Meine Stiefbrüder müssen verstehen, dass wir nicht mehr sein können, als wir sind - eine falsche Familie, die gezwungen ist, zusammenzuleben, bis wir alt genug sind, das Haus zu verlassen – aber das werden sie nicht. Das können sie nicht. Denn wenn sie verstehen, warum ich das Versprechen gegeben habe, kann das nur als Kritik an ihnen, an ihren Gefühlen und an den Dingen, die wir getan haben, aufgefasst werden. Nichts, was ich an diesem Abend mit ihnen tat, fühlte sich damals falsch an. Es fühlte sich alles richtig und gut an. Die Verbindung zwischen uns war so tief, dass es fast unumgänglich war.

Und was sagt das über mich aus?

Zu leugnen, was ich fühle, macht mich zu einer Lügnerin. Das weiß ich. Aber ich kann nicht zurück. Ich kann es einfach nicht.

Ich verbringe die nächsten paar Stunden in meinem Zimmer und starre an die Decke. Das hohle Gefühl ist immer da, aber jetzt fühlt es sich irgendwie größer und tiefer an. Katelin ruft mich an und anscheinend kann sie die Traurigkeit in meiner Stimme hören, denn sie meint, dass wir heute Abend unbedingt ausgehen müssen. Mir fallen alle möglichen Ausreden ein, aber ich halte mich zurück, bevor sie mir über die Lippen kommen. Ich kann nicht die ganze Nacht hier liegen und mich selbst bemitleiden. Ich lasse mich von der Reue bei lebendigem Leib auffressen.

"Sicher", sage ich.

"Hol deine sexy Klamotten raus, Süße", kreischt Katelin. Sie ist eine tolle beste Freundin, immer voller Enthusiasmus. Sie ist mein persönlicher Sonnenschein. "Ich hole dich um 20 Uhr ab, und wir können mein Auto über Nacht auf dem Parkplatz stehen lassen."

Wir verabschieden uns, und ich schleppe mich in die Dusche. Ich tue, was Katelin befohlen hat, und ziehe mein Minikleid aus blauer Spitze und meine goldenen High-Heels an. Ich locke meine Haare und trage Lidschatten auf. Ich spüre Nervosität. Gefahr. Es ist, als wüsste ich, dass ich mich fallen lassen muss, auf die eine oder andere Weise. Ich muss aus meinem Loch herauskommen.

Als Katelin draußen hupt, schnappe ich mir meine

Clutch und meine Jacke und sprinte die Treppe hinunter. Ich versuche, den Zwillingen auszuweichen. Unsere Unterhaltung von heute Mittag hängt immer noch über mir und ich glaube nicht, dass ich ihnen in die Augen schauen kann. Das Haus ist jedoch ruhig, so dass ich ohne Probleme aus der Tür gehen kann.

Die Bar wackelt, als wir reinkommen. Es ist Happy Hour, und alle trinken aus riesigen Krügen. Die Musik vibriert und ich weiß, dass ich mich auf der Tanzfläche verlieren kann, auch wenn es nur für ein paar Stunden ist.

Wir finden Abigail und Brandy an der Bar, und sie fügen unsere Getränke zu ihrer Bestellung hinzu. Ich bitte um zwei Red Devil's, weil es beim letzten Mal so gut geklappt hat. Ich erwische die Mädchen, wie sie mich dabei beobachten, wie ich die Drinks in Rekordzeit herunterkippe, aber das ist mir egal. Ich ergreife Katelins Hand und ziehe sie zur Tanzfläche.

Die Lichter blinken im Takt des Rhythmus, und ich verliere mich in dem pulsierenden, hektischen Rhythmus, der durch mich hindurch vibriert. Ich werfe meine Hände in die Luft und plötzlich kommt mir ein anderer Zeitpunkt in den Sinn, an dem ich hier war und zwischen Ethan und Nathan getanzt habe, mit vielen verschiedenen Gedanken im Kopf. Ich wünschte, ich könnte zu diesem Moment zurückkehren und ihn ungeschehen machen. Vielleicht würde mein Herz nicht so sehr schmerzen, wenn ich nie mit ihnen getanzt und gehört hätte, worüber sie danach gesprochen haben. So viele Dinge hätten anders laufen können.

Ich fühle die Hände auf meinen Hüften, als jemand versucht, ganz nah neben mir zu tanzen. Ich drehe mich um und sehe einen Mann, den ich nicht kenne. Er ist jung wie ich und irgendwie süß. Er lächelt und seine perfekt weißen Zähne spiegeln die blinkenden Disco-Lichter wider. "Hey, ich bin Aaron", sagt er.

"Carrie", antworte ich. Normalerweise würde ich nicht mit einem Fremden tanzen. Nicht so. Aber heute Abend bin ich anders. Unbedacht. Ich will meine schlechte Laune wegfeiern. Vielleicht kann Aaron-Perfect-Smile mir dabei behilflich sein. Ich tanze, wie ich es für die Zwillinge getan habe, mit verführerisch schwingenden Hüften. Katelin wirft mir einen besorgten Blick zu, aber mein gefälschtes enthusiastisches Lächeln muss sie täuschen, denn sie dreht sich um, um mit den anderen zu tanzen.

Als ein neues Lied anläuft, fragt mich Aaron, ob ich mit ihm spazieren gehen möchte. Ich weiß, was er damit eigentlich sagen will und obwohl es mir im Herzen wehtut, lasse ich ihn meine Hand nehmen und mich nach draußen führen. Es ist ein warmer Abend, und Aaron führt uns über den Parkplatz zu seinem Auto, nehme ich an, während er über seinen Freund spricht, der in L.A. groß rauskommt. Ich höre nicht wirklich zu. Ich fühle mich benommen und es kostet mich meine ganze Konzentration, um aufrecht auf meinen Füßen zu stehen.

Aaron hat ein schönes Auto, aber ich will nicht mit ihm einsteigen. Ich sage, dass ich lieber wieder reingehen sollte, aber er hat die Tür schon geöffnet und nutzt seinen Größenvorteil, um mich näher an sein Auto zu schieben. „Ist schon okay", sagt er, als ich ihm sage, dass ich etwas Wasser brauche. Ich lege meine Hand auf seine Brust, als mein Rücken gegen den Geländewagen gedrückt wird.

"Ich will wieder in den Club", sage ich, und die Panik, die in mir aufsteigt, scheint meinen Kopf freizumachen. Seine Augen blitzen dunkel auf, und mein Bauchgefühl zeigt mir, dass ich völlig überfordert bin. Er lächelt und aus irgendeinem Grund macht mir das noch mehr Angst.

"Du stehst darauf, mich zu necken?", fragt er. "Du ziehst das Kleid nur aus einem Grund an, Baby. Ich gebe dir jetzt, worum du so sehr bettelst."

"Ich bettle um gar nichts", antworte ich, drücke meine Hand gegen ihn und bin bereit, mein ganzes Körpergewicht einzusetzen, um ihn wegzustoßen.

Das brauche ich aber nicht. Gerade als Aaron seinen Mund öffnet, um zu antworten, fällt ein Schatten auf sein Gesicht.

"Alles okay, Carrie?" fragt Ethan, nimmt mich am Ellbogen und zieht mich zu sich heran. Nathan ist auch da, er drängt Aaron weg, der dadurch wie ein vorpubertärer Junge wirkt.

Ich nicke, aber das scheint meine Stiefbrüder nicht zu besänftigen. Nathan greift Aarons Schulter mit seiner massiven Hand und drückt sie zusammen, während er sich zu ihm herunter beugt. "Mir gefällt nicht, was ich da gerade gesehen habe", sagt er mit einer bedrohlichen Stimme. Ich habe den ruhigen Nath noch nie so richtig wütend gehört. Ich habe diese Seite an ihm noch nie gesehen. "Du hältst dich von Carrie fern, hast du mich verstanden?"

Aaron sieht sauer aus, seine Schlangenaugen blitzen noch immer vor Bosheit, aber Nathan scheint ihn noch heftiger zu drücken und ihn wegstoßen, denn jetzt stolpert er rückwärts.

"Verschwinde von ihr", zischt Nathan und schaut Aaron direkt ins Gesicht. Ich ziehe mich von Ethan weg und versuche, einzugreifen. Ich könnte es nicht ertragen, dass Nath wegen meiner Dummheit verletzt wird. Was habe ich mir dabei gedacht, den Club mit einem völlig Fremden zu verlassen? Eth hält mich allerdings zurück, und Aaron scheint seine Meinung über die Konfrontation geändert zu haben, denn er hebt die Hände und behauptet, dass er überhaupt nichts gemacht hat. Dann macht er einen großen Fehler, indem er Nathan sagt, dass ich darum gebettelt habe.

Es scheint weniger als eine Sekunde zu dauern, bis Nath ausholt und seine Faust eine Verbindung mit Aarons Kiefer herstellt. Das Knacken als Knochen mit Knochen kollidieren ist so laut, dass ich zusammenzucken muss. Eth schiebt mich hinter sich, damit er in der Lage ist, einzugreifen, aber Nathan braucht seine Hilfe nicht. Aaron liegt auf seinem Hintern im Dreck und hält sein Gesicht fest.

"Fick dich", sagt Nathan und reibt sich seine Faust. Er spuckt auf den Boden, direkt neben Aarons Füße und dreht sich dann zu uns um.

"Komm schon", sagt er, und Eth nimmt meine Hand, während wir Nathan durch die geparkten Autos folgen. Als wir den Eingang des Clubs erreichen, gibt Nathan Ethan seine Schlüssel. "Bring sie zum Auto", sagt er. "Ich suche ihre Freunde und sage ihnen, dass sie mit uns nach Hause fährt."

Ethan nickt, und ich werde dorthin gelenkt, wo Nathans Auto geparkt ist. Erst als wir dort ankommen, dreht sich Ethan zu mir um. Er sieht sauer und besorgt aus, und seine Brust hebt und senkt sich so schnell, als wäre er gerade einen Marathon gelaufen. "Was soll der Scheiß, Carrie?", sagt er und schaut mich an, als ob er nach Verletzungen sucht. "Was hast du hier draußen mit dem Arschloch gemacht?"

Ich richte meinen Blick nach unten, fühle mich dumm und beschämt und habe keine Antworten, zumindest keine, die für Ethan einen Sinn ergeben würden. Für mich ergibt auch nichts davon einen Sinn. Ich schaue zu ihm auf und kann es nicht mehr zurückhalten. Ich fange an zu weinen und halte meine Hände vor mein Gesicht, um es vor ihm zu verstecken. Er zieht mich zu sich heran und wiegt mich, während mein Körper durch die gequälten Schluchzer erbebt. "Es tut mir leid", murmelt er in mein Haar. "Es tut mir so verdammt leid, Carrie. Alles."

Ich will das nicht hören. Ich will nicht, dass er sich die Schuld für all das gibt. Ich werfe meine Arme um seinen Hals und sage ihm, dass es mir Leid tut und dass alles meine Schuld ist. Ich kann nicht aufhören zu weinen, aber Ethan versucht nicht, mich dazu zu zwingen. Es ist, als wüsste er, dass ich es rauslassen muss. Alles, was sich angesammelt hat, kommt jetzt hoch. Die Schuld, die Scham, die Angst, dass Mama es nicht schaffen würde.

Dann kehrt Nathan aus dem Club zurück, und seine große, warme Hand auf meiner Schulter scheint mich wieder zur Besinnung zu bringen. Ich wende mich von Eth ab, um Nath zu umarmen. Er soll auch wissen, dass es mir Leid tut. Aber er gibt mir nicht die Chance, mich an seiner Brust anzulehnen, wie Eth es getan hat. Er nimmt mein Gesicht in seine riesigen Hände und zwingt mich, ihn anzuschauen.

"Das war dumm", sagt er, mit klarer Stimme, die von Wut und Verzweiflung geprägt ist. "Das alles war verdammt dumm. Warum machst du das, Carrie? Warum stößt du uns weg und bringst dich mit solchen Arschlöchern in Gefahr?"

Ich schüttle den Kopf, als wolle ich sagen, dass ich es

nicht weiß, aber das scheint ihn nur noch wütender zu machen. "Ich kann das nicht mehr ", sagt er. "Ich kann nicht so tun, als wäre nichts passiert. Ich liebe dich. Wir lieben dich. Du kannst uns nicht einfach so abweisen."

Tränen fließen frei über meine Wangen, und ich versuche, den Kloß in meinem Hals herunterzuschlucken. Aber auch das geht nicht mehr. Ich kann mir nicht länger vormachen, dass ich ohne sie sein kann. Mein Herz ist gebrochen, weil ich sie abgewiesen habe.

"Es tut mir leid", flüstere ich. "Es tut mir so leid. Ich habe mir versprochen, dass ich nicht mehr zulassen werde, dass zwischen uns etwas passiert. Ich habe es versprochen, weil..." Ich kann den Satz nicht beenden, aber Nathan bleibt hartnäckig.

"Warum, Carrie?", fragt er, schaut mir tief in die Augen und sucht nach den Antworten, die ich ihnen bisher verwehrt habe.

"Weil ich mich schuldig gefühlt habe für das, was wir getan haben. Weil ich wusste, dass es alle falsch finden werde. Ich habe es versprochen, weil ich dachte, das Schicksal würde mich bestrafen."

Nathan benutzt seine Daumen, um meine Tränen wegzuwischen. Die beiden Zwillinge schweigen und ich habe das Gefühl, dass ich zu weit gegangen bin. Ich hätte einfach meinen Mund halten sollen.

"Du sprichst in der Vergangenheitsform", sagt Ethan leise. "Denkst du immer noch genauso darüber?"

Ich schüttle den Kopf und blicke zwischen meinen beiden schönen Männern hin und her. Ihre Augen sind voller Zärtlichkeit und Sehnsucht, die sich, wie ich weiß, auch in meinen Augen widerspiegelt. Ich habe sie so sehr vermisst. "Es tut mir so leid", sage ich noch einmal. Ich muss es einfach loswerden.

"Es muss dir nicht leid tun", sagt Ethan hinter mir. "Eine Entschuldigung bringt uns nicht weiter. Eine Entschuldigung ist nicht das, was wir brauchen, Baby. Sag uns einfach, dass du das mit uns auch willst. Das ist alles, was wir hören müssen."

"Ich will das", keuche ich und bin selbst überrascht von der Überzeugung in meiner Stimme. "Ich liebe euch."

Nathan beugt sich vor und küsst mich fest auf den Mund. Ethan greift von hinten in meine Haare, dreht mein Gesicht zu seinem und tut dasselbe. Wir befinden uns auf einem öffentlichen Parkplatz, aber es ist mir egal, wer es sieht. Meine Lippen fühlen sich geschwollen an, aber auch das ist mir egal. Der Schmerz verstärkt die Sehnsucht, die ich für sie empfinde, noch mehr.

"Steig ins Auto, Carrie", sagt Ethan. Nathan schließt den Wagen auf und öffnet mir die Hintertür. Ich rutsche hinein, während Ethan zur Beifahrertür geht. Wir fahren schweigend, und ich nehme an, dass sie mich nach Hause bringen, aber dann fahren wir von der Straße in Richtung eines Motels, und mein Herz springt hoch in meine Brust. Die Stille fühlt sich jetzt angespannt an. Wir alle wissen, was als Nächstes passieren wird. Allein der Gedanke daran startet ein Pochen zwischen meinen Beinen. Ethan dreht sich auf seinem Sitz um und greift nach hinten, legt seine Hand auf die Innenseite meines Knies und fängt an mich zu streicheln. Meine Klitoris pulsiert bei jeder Bewegung.

"Wir werden uns um dich kümmern", sagt er mit so viel Liebe in seiner Stimme. "Wir werden uns immer um dich kümmern."

Ich blinzle und fühle seine Worte wie eine warme

Decke um mein Herz. Ich fühle das Gewicht seines Versprechens. Ich kenne die Wahrheit. Bei allen Zweifeln, die ich hatte, weil ich mit den Zwillingen zusammen war, war es nie die Sorge um ihre Gefühle. Ich weiß, wie ehrenhaft sie sind, wie fürsorglich und rücksichtsvoll. Seit Mamas Unfall habe ich jeden Tag ihre Sorge um mich gespürt. Sogar wenn wir herumgealbert haben, haben sie mir Freude bereitet, bevor sie an ihre eigenen Bedürfnisse gedacht haben.

Nathan findet einen Parkplatz und schaltet den Motor aus. Die Zwillinge stehen auf, steigen aus dem Auto und knallen ihre Türen gleichzeitig zu. Ethan öffnet meine Tür und Nathan geht um das Auto herum, um neben ihm zu warten. Ich fühle mich erschöpft und ausgelaugt von den monatelangen, selbst zugefügten Schmerzen. Ich möchte einfach nur in das ruhige Motelzimmer gehen und mich auf einem Bett mit den Zwillingen neben mir einkuscheln. Ich glaube, ich könnte eine Woche lang schlafen, mit der Sicherheit ihrer Anwesenheit. Aber es gibt noch einen anderen Teil von mir, der lebendig geworden ist, seit ich akzeptiert habe, dass ich nicht verleugnen kann, was in meinem Herzen ist. Dieser Teil wünscht sich verzweifelt mehr von meinen Jungs.

"Komm schon, Peanut", sagt Ethan sanft und nimmt meine Hand. Ich möchte auch nach Nathan greifen, aber er steckt die Hände in die Taschen und geht voraus. Ich schätze, sie sind es gewohnt, sich abzuwechseln, wenn es darum geht, öffentliche Zuneigung zu zeigen. Alle Gerüchte, die über sie kursierten, kamen immer, weil die Mädchen, mit denen sie zusammen waren, sie herum erzählt haben.

An der Rezeption bittet Nathan um ein Zimmer. Er

zahlt, und die Zwillinge führen mich durch einen schwach beleuchteten Korridor zu einer Tür. Die Nummer der Tür ist drei, und es scheint mehr als ein Zufall zu sein. Ich habe mir so viele Gedanken darüber gemacht, was drei für uns bedeutet, aber jetzt, da ich zwischen Ethan und Nathan stehe, fühlt sich drei wie die schönste Zahl der Welt an.

Als sich die Tür schließt, schaltet Ethan die Nachttischlampe an. Ich stehe auf, schaue auf das Bett, weiß, was kommt und wünsche es mir mehr denn je. Aber ich kann nicht leugnen, dass ich Angst habe. Es geht nicht nur um Sex. Was wir als nächstes tun, wird der Anfang von etwas sein, und wenn es einmal geschehen ist, gibt es kein Zurück mehr. Das weiß ich.

Die Zwillinge sprechen nicht. Sie kommen einfach näher, bis alle meine Sinne von ihnen erfüllt sind. Nathan zieht meinen Reißverschluss schmerzhaft langsam herunter. Ethan nimmt meine Hand und drückt sie an sein Herz.

"Spürst du das, Carrie?", fragt er, während das Klopfen unter meiner Handfläche immer schneller wird. "Das liegt an dir."

Ich habe das Gefühl, dass ich nicht atmen kann, als Nathan anfängt, mein Kleid von abzustreifen, und es auf meine Füße herunterfällt. Die Zwillinge scheinen einen synchronen Atem zu haben, während ich in meinem schwarzen Spitzenhöschen und goldenen High-Heels vor ihnen stehe. Meine Knie sind schwach vor Erwartung. Ich brauche sie. Ich will, dass sie mich umgeben, mich festhalten, wenn ich nicht mehr die Kraft habe, mich selbst zu halten.

"Setz dich auf das Bett, Carrie." Der stille Befehl

kommt von Nathan, der zu meinen Füßen kniet, um meine Schuhe zu öffnen. Er küsst meine Knöchel, wo die Schnallen kleine Einkerbungen hinterlassen haben.

Ethan nimmt auf dem Bett Platz und lehnt sich mit dem Rücken gegen die Zierkissen. Er deutet auf die Stelle zwischen seinen Beinen, und ich krabble, um mich zwischen ihm hin zu knien. Ich streiche mit dem Daumen über seine Unterlippe und erinnere mich daran, wie Nathan vor so vielen Monaten im Club dasselbe getan hatte. Ich fühle mich wie ein anderer Mensch als das Mädchen von damals. Älter und ernster. Auch sicherer, was meine Wünsche angeht. Ethan zieht mich an sich heran, um ihn zu küssen, voller Ungeduld, als hätte er es seit dem Moment auf dem Parkplatz tun wollen. Er schmeckt nach Leidenschaft und Verlangen, während unsere Zungen aneinander gleiten. Nathans Hände auf meiner Taille erhöhen die Hitze nur noch mehr. Vier Hände streicheln mich. Zwei Münder sagen mir, dass sie sich genauso sehr nach mir sehnen wie ich mich nach ihnen. Nathans Lippen drücken Küsse auf meinen Rücken, seine Finger laufen provozierend an der Spitze meines Höschens entlang.

"Zieh sie aus", sage ich und wölbe meinen Rücken. Ethan legt seine Hände an meine Brüste, drückt sie sanft zusammen und kneift meine Brustwarzen, bis ich nach Luft schnappe. Ich beobachte, wie Nathans riesige Hände den Stoff über meine Hüften und Oberschenkel schieben, und ich positionieren mich so, dass er sie über meine Knie und dann über meine Füße hinaus ausziehen kann.

"Spreiz deine Beine", sagt er und drückt auf die Innenseite meiner Oberschenkel, und ich gehorche ihm, bis ich fühle, wie sich meine Schamlippen teilen und die

Nässe zwischen meinen Beinen in der Nachtluft kühler wird. Beide bewegen sich, um mich dort gleichzeitig zu berühren, wobei Nathans Hände über die Rundung meines Hinterns und weiter hineingleitet. Seine Finger finden meinen Eingang und er streichelt mich langsam, als ob er spüren würde, dass ich plötzlich angespannt bin. Ethans Finger findet meine Klitoris, und er umkreist sie ebenfalls langsam und sanft. Meine Hände greifen nach dem Laken und brauchen etwas, woran ich mich festhalten kann, bevor ich davonschwebe. Ich kann meine Hüften nicht davon abhalten, sich zu bewegen, in dem Versuch, noch mehr in mir aufzunehmen. Als ich mich gegen Nathans Finger drücke, zwingt er sie tief in mich hinein. Ich mache ein Geräusch, das so tief und genussvoll ist, dass es in meiner Kehle vibriert. Ethan küsst mich wieder und benutzt seine Zunge, um meinen Mund zu befriedigen, während die Finger seines Bruders dasselbe mit meiner Muschi machen. Jede Bewegung bringt mich näher, aber ich will nicht so schnell kommen. Nach allem, was passiert ist, will ich wissen, wie es sich anfühlt, richtig mit ihnen zusammen zu sein.

Ich ziehe mich von Ethan weg und schröpfe sein Gesicht mit beiden Händen. Seine Augen sehen benommen aus, und ich liebe es, dass er so sehr an dem interessiert ist, was wir tun. Ich brauche allerdings mehr, aber ich weiß nicht, was die Etikette ist. Wenn man zu zweit ist, ist es ganz einfach. Zu dritt besteht die Möglichkeit, dass sich jemand übergangen fühlt. Ich möchte ihm sagen, dass ich ihn will, aber ich möchte Nathan dabei nicht verletzen. Als ob er den Grund für mein Zögern spüren kann, legt Ethan besitzergreifend seine Hand um meinen Nacken und zieht mich zu sich heran.

"Willst du das?", fragt er schroff.

"Ich will euch beide", sage ich ihm vorsichtig, und er lächelt.

"Du musst dir nicht so viele Sorgen machen, Carrie." Er streicht die Haare von meinem Nacken und streichelt mich zärtlich. "Wir sind große Jungs. Wir haben im Kindergarten gelernt, wie man teilt."

Nathan schnaubt hinter mir und für einen Moment bin ich fassungslos, dann sehe ich sein freches Grinsen und fange an zu kichern. Es ist, als wäre das Eis gebrochen und ich fühle mich so viel wohler.

Abgesehen von ihren Schuhen sind die Zwillinge noch vollständig bekleidet. Ethan beugt sich nach vorne und zieht sich sein Hemd über den Kopf, während ich mich an seinem Gürtel und seinem Reißverschluss zu schaffen mache. Ich höre, wie Nathan hinter mir dasselbe tut und dann das Rascheln der Folie, als er nach einem Kondom greift. Ethan macht sich nicht einmal die Mühe, seine Jeans auszuziehen, er schiebt sie nur so weit nach unten, dass sein Schwanz frei wird, und ummantelt ihn dann mit dem Kondom, das Nathan ihm gereicht hat. Ich beobachte, wie er das Latex nach unten rollt, wobei mich jeder unglaubliche Zentimeter näher dorthin bringt, wo ich sein muss. Die Sekunden, die vergehen, während Ethan sich geduldig auf mich vorbereitet, haben etwas Faszinierendes. Vor der ersten Nacht, in der wir herumgemacht haben, hatte ich noch nie einen Schwanz gesehen, der so groß war, wie die von den Zwillingen. Das Wissen, dass er mich mit diesem harten, dicken Ding füllen wird, lässt meine Muschi gierig tropfen.

"Setz dich drauf, Carrie", murmelt Nathan in mein

Ohr, sein heißer Atem kitzelt auf meiner Haut. Ich höre die Erregung in seiner Stimme, und es ist, als ob er im Namen seines Bruders ungeduldig ist. Seine Zunge leckt an meinem Ohrläppchen entlang und lässt mich schaudern. "Reite ihn, bis er den Verstand verliert."

Ethan greift meine Oberschenkel und zieht mich nach vorne, und ich erhebe mich, bis mein Eingang über seinem riesigen Schwanz platziert ist. Ich schaue nach unten, als er ihn greift und anfängt, ihn zwischen meinen Falten zu streicheln und die Spitze mit meinen Säften zu bedecken. Ich bin so feucht, dass ich weiß, dass er sich hineinschieben kann, ohne dass es mir zu sehr wehtut, aber ich finde meine Hände bei dem Gedanken daran immer noch zitternd. Das ist Ethan. Die Person, die mich selbst an meinem schlimmsten Tag immer zum Lachen bringt. Das ist Ethan, der mich nicht aufgegeben hat, auch nicht, als ich ihn abgewiesen habe. Ich umfasse sein Gesicht und küsse ihn sanft und flüstere ihm zu, wie viel er mir bedeutet und wie sehr ich ihn in mir spüren möchte. Ethan bewegt sich so langsam, als wolle er diesen Moment der Vorfreude so lange wie möglich hinauszögern.

"Scheiß drauf", sagt Nathan hinter mir, seine Stimme ist voller ungeduldigem Verlangen. Ich drehe mich um, um ihn anzusehen, und seine Augen sind wild; weite schwarze Pupillen, fast wahnhaft. Auch er hat seinen Schwanz in der Hand.

Ethan verschwendet keine Zeit mehr. Er legt seine Hände auf meine Hüften und zieht mich nach unten. Das Gefühl, dass er in mich eindringt, ist fast zu viel. Ich fühle mich schon voll und er ist erst zur Hälfte in mir. Ich beuge meine Hüften, erhebe mich und führe mich noch tiefer nach unten und Ethan verzieht konzentriert sein Gesicht.

"Du bist so eng", stöhnt er, hebt die Hüften vom Bett und will so tief in mich eindringen, wie er kann.

"Du bist so groß", stöhne ich und versuchte verzweifelt zu spüren, wie er mich in vollem Umfang öffnet. Nathan nimmt meine Haare in die Hand und dreht mein Gesicht zu ihm, bis seine Lippen meine berühren, dann saugt er sanft an meiner Oberlippe und knabbert sie sanft an. Es fühlt sich so erstaunlich an, und ich finde mich entspannt genug, dass Ethan unter mir liegt und unsere Körper aneinanderdrücken kann. Ich fange an, mich zu bewegen, wobei ich eine Hand auf Ethans Waschbrettbauch benutze, um mir zu helfen, meine Hüften zu kreisen und mich an der Basis seines Schwanzes reibe.

Nathans Hand ersetzt die von Ethan auf meiner Hüfte und führt mich in einen Rhythmus, dem sein Bruder zu gefallen scheint. Ich hätte nie gedacht, dass er im Bett so herrisch sein würde. Normalerweise ist Nathan der Lässige, aber als seine Finger fester greifen, wird mir klar, dass er eine ganz andere Seite hat. Ethans Gesicht ist angespannt vor Lust, seine Stirn gerunzelt und Unterlippe zwischen seinen Zähnen. Als ich auf Nathans Drängen stärker reite, spüre ich wieder, wie sich der Orgasmus in mir aufbaut. Ethans Schwanz fühlt sich groß und gut an, und das Gefühl, zwei Paar Augen auf mich zu haben, während wir ficken, ist so erregend, dass ich weiß, dass ich bald kommen werde. Viel mehr brauche ich nicht, nur den Druck von Ethans Schwanz und Nathans Hände auf meinen Titten.

Ich sage ihm, dass er mir in die Nippel kneifen soll, und er tut es, indem er seine Arme von hinten um mich schlingt und meine Titten auf unzüchtige Art und Weise zusammendrückt. Vier Hände bewegen sich, um mir

Freude zu bereiten, zwei auf meinen Brüsten, eine auf meiner Klitoris und eine greift meinen Oberschenkel und zieht mich immer stärker nach unten. Oh Gott, das fühlt sich so gut an. So verdammt gut, dass ich es nicht mehr halten kann.

"Ich komme... ah, ah, ah", stöhne ich und fühle, wie sich der Orgasmus festhält. Es ist, als ob sich die ganze Energie in meinem Körper an einem Ort tief in mir zusammenzieht, und während Nathan meine Brustwarzen kräftig anfasst, fließt sie Welle um Welle weiter. Ich höre nicht auf, mich zu bewegen. Ich kann es nicht, denn je mehr ich es unterdrücke, desto länger dauert es, dass ich die Luft anhalte.

"Genau so, Carrie", flüstert Nathan. "So ist es gut."

"Fuck", ruft Ethan unter mir, sein Schwanz schwillt in mir an. Als er kommt, ist es laut; alle seine Muskeln scheinen zu krampfen, bis sein Orgasmus nachlässt und er sich schließlich entspannt.

Ich kippe nach vorne, breite mich auf Ethans schweißüberströmter Brust aus, und er hält mich fest in seinen Armen, wobei die Wärme seiner Haut in dem kühlen Raum wohltuend ist. Ich hänge an ihm, als er meine Schläfe küsst und mir sagt, dass ich perfekt war, dass ich so gut war und dass er das schon so lange mit mir machen wollte. Ich küsse seine weichen Lippen, streichle seine stoppeligen Wangen, schaue in seine halb geschlossenen Augen und spüre, dass das, was zwischen uns geschieht, richtig ist. "Geht es dir gut?" fragt Ethan und hält mein Kinn hoch, sodass ich Augenkontakt halten muss. Er will wahrscheinlich sicher gehen, dass ich die Wahrheit sage.

"Musst du das wirklich fragen?" Er nickt und ein

Hauch von Unsicherheit liegt auf seinem Gesicht. Ich schätze, dass ich daran ein wenig Schuld trage. Ich habe sie monatelang abgewiesen und ihnen gesagt, dass das, was wir getan haben, falsch war. Obwohl ich mich schuldig fühle, macht mich seine Sorge um mich und meine Gefühle nur noch sicherer, was ihn und Nathan betrifft.

Ich küsse ihn wieder sanft und fahre mit den Fingern durch sein weiches, sandfarbenes Haar. "Ich habe das Gefühl, dass ich genau da bin, wo ich sein sollte, Eth." Sobald meine Worte über meine Lippen gekommen sind, scheint er sich in meinen Armen zu entspannen. Ich wende mich an Nathan, damit auch ihn diese Botschaft erreicht. Seine Hand streichelt meinen Rücken und ich umschließe seine Wange, während Ethan aus mir herausrutscht. Ich fühle mich so leer zwischen meinen Beinen, aber das bleibt nicht lange so.

"Komm her", sagt Nathan zu mir, und ich lasse meine Beine offen fallen, um ihm Platz zu machen. Er nimmt seinen Platz zwischen meinen Knien ein, schaut auf meine Muschi, und ich frage mich, was er sieht. Sieht sie so rot und geschwollen aus, wie sie sich anfühlt? Kann er sehen, wie erregt ich bin? Er zieht das Kondom über und nickt mir zu, als er bereit ist. "Ich kann es kaum erwarten, in dich einzudringen und zu spüren, wie du auf meinem Schwanz kommst. Kannst du es mit mir aufnehmen?" fragt er, wie immer rücksichtsvoll.

"Komm und finde es heraus", sage ich. Er ist an der Reihe, und ich würde es ihm nicht verweigern, auch wenn es wehtun würde. Es gibt Dinge, die er wissen muss, die ich ihm nur so beweisen kann. Wie sehr ich ihn liebe. Wie verzweifelt ich ihn brauche. Wie sexy er ist und wie gut ich mich durch ihn fühle. All die Dinge, die ich auch seinem Zwilling gesagt habe.

Während sich Nathan über mich positioniert, entsorgt Ethan das Kondom. Er kommt aber nicht mehr zurück ins Bett. Stattdessen nimmt er auf dem Stuhl in der Ecke Platz, damit er eine gute Aussicht hat.

"Nath", flüstere ich, während er meine Stirn, meine Wangenknochen und meinen Kiefer küsst.

Ich nehme seine Wange in meine Hand und ziehe seine Lippen an meine für einen weichen und süßen Kuss, der mich sanft auf die Bettdecke legt. Er nimmt sich Zeit, streichelt mich und flüstert mir zu, wie schön ich bin, wie gut ich rieche und wie weich ich mich anfühle. Als er sich schließlich an meinem Eingang positioniert, bin ich so bereit, dass ich ihn diesmal nach unten ziehe, damit er die ersten paar Zentimeter durchdringt. Seine Augen sind konzentriert geschlossen, während er mit den Hüften rollt, aber ich halte meine offen und möchte diesen Moment in meiner Erinnerung verankern. Mein Nathan.

Seine Muskeln beugen sich unter meinen Handflächen, die feste Rundung seines Arsches ist zu verlockend, als dass ich ihn nicht in meine Hände nehmen würde. Er ist so schwer auf mir, aber ich liebe es, wie klein er mich fühlen lässt und wie beschützt ich mich fühle. Die Hand, die Aaron geboxt hat, ist neben meinem Gesicht, und ich drehe mich um, um einen Kuss auf seinen Knöcheln zu drücken.

"Gott, Nath", keuche ich, als er sich härter in mich drückt und einen Arm unter mich schiebt, damit er mich fester greifen kann. Er drückt sein Gesicht in meinen Nacken, sein Atem bläst heiß gegen meine Haut, und ich erinnere mich an eine Nacht vor nicht allzu langer Zeit, als ich während einer unserer Filmnächte auf dem Sofa eingeschlafen bin und mit meinem Kopf auf Nathans Schulter aufgewacht bin. Ich wollte ihn in dieser Nacht so gerne küssen, aber ich hatte nicht den Mut dazu. Jetzt sind wir hier und ich mache Liebe mit ihm.

Jede Bewegung seiner Hüften streift meine Klitoris. Zuerst denke ich, dass ich nicht kommen kann. Ich habe es noch nie geschafft, mehrmals zu kommen, nicht einmal durch meine eigene Hand und mit den schmutzigsten Phantasien in meinem Kopf. Nathan scheint jedoch entschlossen zu sein. Er hat seine Hand unter meinem Arsch, seine Finger streichen sich immer weiter an einen privaten Ort heran, an dem ich noch nie zuvor berührt wurde. Ich halte den Atem an, frage mich, was er tun wird, und versuche zu entscheiden, ob ich mich dabei wohl fühle.

"Nath", sage ich mit unsicherer Stimme, aber nicht er antwortet.

"Mach dir keine Sorgen, Carrie", sagt Ethan. "Er weiß, was er tut. Er wird nicht zu weit gehen."

Einer von Nathans Fingern berührt schließlich die empfindliche Stelle, und meine Hüften erheben sich als Reaktion darauf vom Bett.

"Das gefällt dir", sagt er, als ob er es schon die ganze Zeit gewusst hätte. Ich nicke, immer noch nicht ganz sicher, wie ich mich dabei fühle, aber als er wieder gegen den Muskelring drückt, stöhne ich auf. Er berührt Nerven in meinem Körper, von denen ich nicht wusste, dass es sie gibt. Stellen, die so empfindlich sind, dass sie meine Nerven zu funken scheinen. Ich greife seine Schulter und grabe meine Nägel härter hinein, als ich sollte, aber er beklagt sich nicht. Es scheint ihn weiter zu treiben, härter, tiefer, schneller, bis er mich so weit getrieben hat, dass mein Kopf neben ihm hängt. "Ich kann dich spüren, Carrie", sagt er. "Ich kann fühlen, dass du gleich kommst. Halt dich nicht zurück, Baby."

Er drückt wieder seinen Finger, diesmal im gleichen Rhythmus wie seinen Schwanz, und ich keuche, werfe meinen Kopf zurück und wölbe meinen Körper in seinen. "Oh fuck", sage ich, während er seine Hand auf meinen entblößten Hals legt und mich still hält. "Oh....." Dieser Orgasmus ist anders. Er scheint von irgendwo tiefer zu kommen und schneller aus mir herausgerissen zu werden. Ich sehe Sterne und höre meine eigene Befriedigung und zur Abwechslung ist es mir egal, wie ich aussehe oder wie ich mich beim Sex anhöre, ich fühle und fühle und genieße einfach alles, was mit mir passiert.

Nathan bewegt sich immer wieder durch meinen Orgasmus und ich fühle, wie er sich auf eine Weise verdickt, die ich nicht für möglich gehalten hätte. Er ist so riesig in mir, dass ich nicht verstehen kann, wie er sich überhaupt bewegen kann. "Fick sie härter", befiehlt Ethan aus der Ecke des Raumes. "Fick sie, bis sie trocken wird."

Meine Muschi verkrampft sich bei seinen Worten; wie schmutzig und ungezogen. Ich verstehe jetzt, wie die Zwillinge ihren Ruf erhalten haben, aber ich weiß auch, dass sie mich beim ersten Mal schonend behandelt haben. Es ging darum, dass wir zusammenkommen. Das war eine Zementierung unserer Gefühle füreinander. Als Nathan kommt, ruft er meinen Namen so laut, dass er die Leute im Nebenzimmer damit geweckt haben muss und ich würde am liebsten lachen vor lauter Glück.

Es hat so lange gedauert, bis wir hier angekommen sind. So viel Verleugnung und Schuldgefühle, wegen meiner Gefühle. Aber während Ethan und Nathan ihre

Plätze auf dem Bett auf beiden Seiten von mir einnehmen, weiß ich mit Sicherheit, dass ich genau dort bin, wo ich immer sein sollte.

EPILOG

WER IST DEIN VATER?

Ich habe Knöchel wie ein Elefant. Alles an mir fühlt sich geschwollen und überreif an. Ich bin bereit zum Platzen, aber Eth und Nath scheint das nicht zu interessieren. Wir liegen auf unserem riesigen Bett, und meine Füße sind hochgelegt auf den Kissen. Ich fühle mich wie ein Wal, aber Nathan streicht mir geistesabwesend über die Haare, während er auf seinem Kindle liest, und Ethan hat sein Gesicht beim Mittagsschlaf an die Seite meines Bauches gepresst. Ich bin zu müde, um mich zu bewegen, und zu zufrieden, also reibe ich mit der Hand über meinen Bauch und stupse ein Glied an, das eine Wölbung hervorruft. Ich habe nur noch drei Wochen Zeit, aber es fühlt sich an wie drei Jahre. Dr. Harper wird mich frühzeitig einweisen, weil es Zwillinge sind und weil sie der Größe ihrer Väter in nichts nachstehen!

Ich sage Väter, aber wer weiß das schon. In mir wachsen zwei Babys heran; zwei kleine Leben, die durch unsere Liebe auf die Welt kommen werden. Zwillinge, die in die Fußstapfen ihrer Väter treten werden, außer dass sie beide Mädchen sind und auch nicht eineiig sind. Es war faszinierend zu sehen, wie sie beim Scan in ihren eigenen kleinen, individuellen Flüssigkeitssäcken herumschwebten. Es war seltsam, danach mit Eth und Nath darüber zu sprechen, wie sie sich fühlen. Ich glaube, sie waren in gewisser Weise erleichtert, dass sie ihnen selbst nicht zu ähnlich sein werden. Ethan meinte, dass sie dann eher wie normale Schwestern und nicht wie Zwillinge sein werden. Nathan nickte und sah nachdenklich aus. "Wir werden sie nicht gleich kleiden", sagte er danach bestimmt. "Und wir können ihnen auch die Haare anders schneiden."

Ich frage mich, was meine Zwillingskinder von ihren Vätern halten werden. Weder Eth noch Nath haben darüber gesprochen, herauszufinden, wer der Vater ist. Ich weiß, dass selbst eineiige Zwillinge einige genetische Unterschiede haben, aber es scheint ihnen nicht wichtig zu sein, es zu wissen. Ich weiß, dass sie sich wie eine einzige Person immer alles geteilt haben. Vor allem aber weiß ich, dass sie beide unsere Töchter lieben werden wie ihre eigenen, ganz egal was passiert.

Nathans Handy klingelt und er greift rüber zu seinem Nachttisch. Ich grinse und denke an das kleine Regal, das Eth bei Home Depot gekauft hat, und Nath hat es in der Mitte unseres Bettes an die Wand gehängt. Ich glaube, sie hatten es satt, dass ich in der Nacht immer über sie hinweg greifen musste, wenn ich Wasser trinken wollte. Ich schlafe immer in der Mitte, und unser Bett hat die Größe eines Kreuzfahrtschiffes!

Nath plaudert mit Wendell über den bevorstehenden Geburtstermin, und ich muss lächeln bei dem Gedanken daran, dass unsere Eltern ihren anfänglichen Schock über unsere ungewöhnliche Beziehung überwunden zu haben scheinen und nun ungeduldige Großeltern sind. Mom reagiert immer noch ein wenig seltsam um uns herum bei einigen Dingen. Vor allem, wenn ich den Kauf neuer Bettwäsche erwähne oder wenn sie sieht, wie die beiden mir Küsse auf die Wange geben, wenn sie mit ihrem Vater zu einem Fußballspiel gehen. Es muss wohl seltsam sein, sich seine Tochter in einem so unkonventionellen Arrangement vorzustellen.

Als wir es unseren Freunden erzählten, versuchten sie zunächst, ihren Schock mit vagen Kommentaren nach dem Motto "cool, Mann" und "schön für dich" zu überspielen. Dann, nach ein paar Drinks, hieß es: "Wo schlaft ihr denn alle? Als die Zwillinge ihnen, so schamlos wie sie sind, alles erzählt haben, zogen die Mädchen die Augenbrauen hoch und die Jungen schauten sie anerkennend an. Katelins Gesicht war ein Bild für die Götter; ich schätze, weil ich es geschafft hatte, meine Gefühle zu Eth und Nath so lange geheim zu halten. Ich glaube auch, weil ich noch nie besonders abenteuerlustig in Sachen Sex gewesen war.

Ich kann gar nicht sagen, wie viele Frauen mir zugeflüstert haben, was für ein glückliches Mädchen ich bin und dass ich mich mit allem, was ich habe, an diesen Männern festhalten muss. Das muss man mir nicht sagen.

Nath lacht über etwas, was sein Vater gesagt hat, und Eth rührt sich und zieht mich näher an sich heran. Ich streichle sein schlafgetränktes Haar und schaue zu Nath hinüber, der schließlich auflegt.

"Dad hat uns für heute Abend eingeladen", sagt er.

"Um wie viel Uhr?", frage ich, als er näher kommt und sich an mich kuschelt. Ich bin abgelenkt, als er mich ansieht. Ich hoffe, meine Babys erben die Augen ihrer Väter. Naths Blick ist blauer als Fotos aus der Karibik, und die Art und Weise, wie sie sich an der Seite kräuseln, wenn er mich anlächelt, lässt mein Herz jedes Mal hüpfen. Ich glaube nicht, dass ich es jemals leid werde, die Stanmore Zwillinge anzusehen. Meine schönen Jungs.

"In ein paar Stunden", sagt er und rückt näher, damit er mich küssen kann. Seine Lippen sind so weich. Seine Finger verkrampfen sich besitzergreifend in meinem Haar, direkt über meinem Ohr, und ich stöhne leicht auf, als seine Zunge meine berührt.

"Carrie", flüstert er, während seine Hand sich bewegt, um sein Hemd aufzuknöpfen, das ich zum Chillen trage. Meine Brüste sind schwerer als vorher, meine Brustwarzen größer und dunkler. Die Art und Weise, wie sich mein Körper verändert hat, hat die Zwillinge unendlich fasziniert. "Darf ich dich anfassen?", fragt er und ich nicke. Als mich seine Hand sanft zwischen meinen Brüsten streichelt, stöhne ich auf. Es war anscheinend laut genug, um Ethan zu wecken, denn er hebt den Kopf und schaut zu uns hinüber.

"Was habe ich verpasst?", fragt er mit schlaftrunkener Stimme.

"Nichts, Alter", lacht Nathan.

"Sieht für mich nicht nach nichts aus", sagt Ethan und gleitet besitzergreifend mit der Hand über meinen Bauch.

"Wir fahren in zwei Stunden zu Papa", sagt Nathan, als wolle er Ethan ablenken. Wir haben sozusagen eine unausgesprochene Regel, dass wir keinen Sex haben, wenn nicht alle anwesend sind.

"Dann bleibt gerade noch genug Zeit", sagt Ethan und lässt mir einen Schauer über den Rücken laufen. Er meint es ernst. In den ersten Tagen verbrachte ich die meiste Zeit damit, in einem sexuell geladenen Zustand mit totalem Schlafentzug herumzulaufen! Die Zwillinge können einfach nicht abgeschaltet werden.

"Ich fühle mich wie ein Wal..." sage ich, aber meine Worte werden von Nathans Lippen unterbrochen, gerade als Ethan beginnt, mir das Höschen herunterzuziehen. Er kniet sich blitzschnell zwischen meine Beine und schiebt sie weit auseinander, damit er sich nehmen kann, was er will. Ich weiß, was er als Nächstes tun wird, und ich bin schon feucht vor Erwartung. Die Zwillinge haben Bewegungen drauf, von denen ich noch nicht einmal gehört habe. Aber Ethan steht darauf, wenn ich auf seiner Zunge komme. Er hat mir mal gesagt, dass ihn das extrem geil macht. Ich schätze, er fühlt sich mächtig dadurch, weil er mir so leicht so viel Freude bereiten kann. Ethans Zunge findet meine Klitoris, während sich Naths Mund an meiner Brustwarze verhakt. Sie saugen beide mit dem gleichen intensiven Rhythmus, der mich einfach nur umhaut. Ich bewege meine Hüften, aber Ethan hält mich fest und schnippt von unten gegen meinen Kitzler, bis ich hechle. Er schiebt zwei Finger ein wenig in mich hinein und drückt sie immer wieder nach oben. Nathan verdreht meine Brustwarze mit seinen Fingern und zieht dabei so stark, dass es wehtut. Sie wissen genau, was ich brauche, als hätten sie das Handbuch von mir gelesen und sich alle Details eingeprägt. Sie wissen auch genau, was mich zu meinem Höhepunkt bringt und Nath enttäuscht mich nicht.

"Sieh dich an", sagt er harsch und flüstert mir seine schmutzigen Worte ins Ohr. "Das schmutzige Mädchen liebt es, sich die Muschi lecken zu lassen. Fühlt sich das gut an, Carrie?" Er wartet darauf, dass ich nicke, denn das tut es. Oh ja, das tut es. "Wird mein Bruder dich kommen lassen, Baby. Füllt er dich aus mit seinen Fingern? Fickt er dich mit der Hand und öffnet dich, damit er seinen Schwanz reinschieben kann?" Ich wimmere, während Ethans Hand schneller wird. "Das war's", stöhnt Nathan, nimmt meine Hand und wickelt sie um seinen Schwanz. "Fühl mal, was du mit mir machst, Carrie, wenn du so stöhnst. Mach's mir Baby", befiehlt er und zeigt mir, wie er es will. Nath ist viel getriebener als sonst. Dringender auf eine Weise, die ich liebe. Ich will es genauso, am liebsten immer. Verzweifelt und bedürftig, aber völlig unter Kontrolle. "Härter", sagt er, beißt die Zähne zusammen und schließt die Augen.

Ethan wählt genau diesen Moment, um einen weiteren Finger hineinzustecken. Ich fühle mich so gefüllt, weit offen und nasser als ein Fluss. Er drückt sich so tief hinein, dass ich fühle, wie seine Knöchel gegen die kleine Stelle in mir prallen, die mir so viel Lust bereitet. Ich schreie mit einer Stimme, die nicht menschlich klingt; ein scharfes Jammern der Befreiung, das so intensiv ist, dass meine Haut in Gänsehaut ausbricht. Ich lasse Nathans Schwanz los, unfähig, mich auf etwas anderes als die Intensität des Orgasmus zu konzentrieren, den die Zwillinge in mir ausgelöst haben. Ethan zieht seine Finger heraus, und ich stöhne, während er seine Zunge gegen meinen Eingang drückt.

Die pulsierenden Wellen der Lust scheinen ewig zu dauern, aber schließlich, als ich herunterkomme, öffne ich meine Augen und sehe, wie Nathan Ethan ein Kissen reicht.

Bei einem so großen Bauch ist die Logistik beim Sex interessant. Es ist eine Kleinigkeit erforderlich, um meine Hüften genau richtig anzuwinkeln und den Zwillingen genug Platz zu bieten. Kurz bevor Ethan anfängt, mich in Position zu bringen, rolle ich mich auf die Seite und schiebe mich auf die Knie. Sie möchten vielleicht die Regisseure sein, aber ich habe auch noch ein Wörtchen mitzureden.

Ich höre die Jungs kichern, weil sie wissen, was ich will.

Diese Position macht etwas Besonderes mit mir. Vielleicht liegt es daran, dass die Zwillinge auf diese Art und Weise scheinbar so schwer zu erreichen sind. Vielleicht liegt es daran, dass sie auch fast gleichzeitig zu kommen scheinen. Ich erwarte, dass Ethan hinter mir bleibt, aber sie müssen etwas auf ihre stille Zwillingsart kommunizieren, denn Nathan rutscht von der Bettkante, und Eth auch, und dann fühle ich Nathans Hand auf meiner Hüfte und Ethans Hand auf meiner Wange.

In ihrer synchronisierten Zwillingsweise bewegen sie sich gleichzeitig auf mich zu, wobei Nathan den Kopf seines riesigen Schwanzes gegen meinen Eingang drückt, und Ethan seinen Schwanz näher an meine Lippen drückt. Ich sehe nicht, dass sie sich gegenseitig ein Zeichen geben, aber ich bin sicher, dass sie es tun, denn sie bewegen sich gemeinsam vorwärts, Nathan drängt sich in meine Orgasmus geschwollene Muschi und Ethan zwischen meine kussgeschwollenen Lippen. Ich fühle mich so voll, aber ich kann es ertragen. Ich habe jetzt drei Jahre Training hinter mir.

Es spielt keine Rolle, wie oft die Zwillinge mich ficken;

ich komme nie über ihre schiere Größe hinweg. Nathans Schwanz ist so groß, dass er meine Hüften festhalten und mich auf ihn zurückziehen muss, um so tief reinzukommen, wie er will. Als er ganz drin ist, stöhne ich um Ethans Schwanz herum, und er grunzt vor Lust. Er streicht sanft über meine Wange, ich weiß, dass er auf mich herabschaut. Die ganze Idee eines Dreierpärchens mag manchen Menschen vulgär erscheinen, aber für mich bedeutet sie einfach doppelte Liebe.

Doppelte Zuneigung.

Doppelter Spaß.

Dreifache Lust. Oder sagen wir besser, hundertfach.

Fuck. Nathan fängt an, sich zu bewegen, und es ist eine langsame Folter. Der langsame Zug, mit dem er sich zurückzieht, und der schnelle Stoß, als er sich wieder tief hineinschiebt. Ich wünschte, ich hätte seine Sichtweise, damit ich sehen könnte, wie versaut es aussieht. Ich weiß, dass meine Muschilippen weit aufgespalten und um seinen Schwanz herum aufgeweitet sein müssen. Ich weiß, dass meine Säfte ihn überzogen haben und alles glatt aussehen lassen. Ich spüre, wie seine Daumen Abdrücke im Fleisch meines Arsches hinterlassen. Jede Bewegung fühlt sich so gut an, dass ich nach Luft schnappen will, aber ich kann es nicht tun, weil mein Mund mit Ethan beschäftigt ist.

Die Zwillinge sind sehr rücksichtsvoll, wenn ich ihnen einen blase. Wo andere Männer soweit drücken würden, bis sie zu tief eindringen und einen Würgereflex hervorrufen, wissen meine Jungs, wie weit sie gehen können. Das Gefühl von Ethans glattem Schwanz zwischen meinen Lippen lässt einen Schauer der Freude durch meinen Körper laufen. Er streicht mit seinem Schwanz über meine Unterlippe und sagt mir dann, dass ich ihn lecken soll. Er sieht gerne zu, wie ich meine Zunge an ihm benutze, besonders wenn ich sie herumwirble. Ich liebe es, wenn er mein Haar ein wenig zu fest hält und mich an Ort und Stelle hält. Das macht er jetzt, genau in dem Moment, als sein Bruder anfängt, mich heftig zu penetrieren. Nathans Oberschenkel schlagen gegen meine, sein Griff um meine Hüften wird fester. Ich fühle mich leicht wie eine Feder und weit, weit geöffnet. Ethan benutzt seine Hand, um sich zu befriedigen. Ich liebe es, den Zwillingen dabei zuzusehen, wie sie sich selbst berühren. Ich glaube, das ist meine größte Schwachstelle.

"Komm in meinen Mund", sage ich ihm, in dem Wissen, dass die Einladung ihn verrückt machen wird. Er fasst seinen dicken Schwanz noch fester an und ich frage mich, wie ihm das nicht wehtut. Ich lecke ihn, schmecke seine Erregung und stöhne, als Nathan nach meiner Klitoris greift, um sie zu reiben.

Als wir anfingen zu ficken, dachte ich, ich kann entweder einmal kommen oder halt nicht. Meine beiden vorherigen Freunde haben es entweder geschafft oder nicht, mich zum Orgasmus zu bringen. Als Eth und Nath zum ersten Mal versuchten, mich ein zweites Mal zu überreden, meinte ich zuerst, dass sie ihre Energie verschwenden würden. Aber ich hätte wohl nie an ihnen zweifeln sollen. Sie hatten ihren Ruf nicht umsonst. Der feste Druck von Nathans Finger ist süß genug, dass ich mich gegen seinen Schwanz drücke, weil ich ihn tiefer in mir haben will; so tief, wie ich es aushalten kann.

"Das war's, Carrie. Fick mich. Komm auf meinem Schwanz", befiehlt er und schlägt mir mit der anderen Hand auf den Arsch, genauso, wie ich es gerne habe.

"Bitte", stöhne ich und drücke mich noch stärker nach

hinten. Nathans Hand wird schneller, härter und entschlossener. Er weiß, dass ich nah dran bin. Wahrscheinlich spürt er, dass auch sein Bruder gleich kommt, denn man kann sehen, wie sich Ethans Bauchmuskeln immer mehr anspannen. "Das war's", keuche ich, während Nathan seinen Winkel leicht verändert. Der Kopf seines Schwanzes trifft mich genau an der richtigen Stelle, und ich weiß, dass es passieren wird. Es ist ein Orgasmus, der tief aus mir heraus kommt, und die Lust streichelt meinen Körper, durchzieht mich wie Wellen auf einem Teich. "Baby", keucht Nathan von hinten, verlangsamt sich nur kurz und beginnt dann hektisch in mich hineinzuprügeln. Ich weiß, dass er kommen will, solange ich noch von Lust gepackt bin. Ethan schiebt den Kopf seines Schwanzes an meinen Lippen vorbei, und ich nehme ihn in meinen Wangen auf und lutsche ihn hart, während sein Schwanz zum Platzen anschwillt. Ethan kommt zuerst und füllt meinen Mund mit heißem, salzigem Sperma, gerade als ich fühle, dass Nathans Schwanz in mir anschwillt. Oh Gott, das Gefühl, das ich bekomme, wenn ich sie auf diese Weise zum Höhepunkt bringe, ist zu viel für mich. Mein Herz läuft über vor Liebe zu meinen Stiefbrüdern, die meine Liebhaber geworden sind.

Mein Puls rast und ich kann meinen Atem nicht mehr kontrollieren. Bevor ich schwanger war, war ich durch unser Sexualleben schon erschöpft genug. Alles wird verdoppelt, wenn man es mit Zwillingen macht. Als sich Nathan zurückzieht, rolle ich mich auf die Seite, um mich auszuruhen. Ethan liegt hinter und Nathan vor mir. Ich liebe es, wie sie nach dem Sex sind. Ja, sie werden schläfrig, aber nicht so sehr, dass sie mich nicht dazu bringen können, mich geliebt zu fühlen. Nathan küsst meinen Mund zärtlich, während Ethan meinen Nacken streichelt und meine Hand hält. Ich könnte eine Woche lang schlafen, aber ich weiß, dass wir uns gleich fertigmachen müssen.

Ich fühle, wie Nathans Sperma aus mir heraus und über meinen Oberschenkel läuft.

"Nath", sage ich und schröpfe seine Wange mit meiner Hand. "Bist du frustriert, Baby?"

Er sieht mich verwirrt an. "Du weißt schon, weil wir seit ein paar Tagen keinen Sex hatten."

Er runzelt die Stirn und versteht immer noch nicht, wovon ich spreche. "Du bist gekommen wie ein Fluss, Baby. Es läuft alles aus mir heraus. Es ist viel mehr als sonst." Er scheint einen Moment zu brauchen, um meine Worte zu verstehen, dann setzt er sich auf und schaut auf das Bett.

Als er sich umdreht, um mich anzuschauen, lächelt er. "Carrie, Baby. Das ist nicht mein Sperma. Das ist dein Wasser."

Ich setze mich schwerfällig auf und stelle fest, dass er Recht hat. Das Bett ist nasser, als ich gemerkt habe. Ethan steht blitzschnell vom Bett auf, als wäre er von der Tarantel gestochen worden. Ich habe noch nie einen Mann gesehen, der sich so schnell eine Hose angezogen hat. Er fährt sich verzweifelt mit den Fingern durch seine chaotischen Haare und beginnt, sich umzusehen.

Nathan steht auf und legt eine Hand auf seine Schulter. "Entspann dich, Kumpel", sagt er ganz ruhig. "Die Tasche ist gepackt. Wir müssen uns nur noch anziehen und gehen."

Das ist alles, was nötig ist, um Eth zur Ruhe zu

bringen. Das und die Tatsache, dass ich, als er mich ansieht, in Gelächter ausbreche. "Du siehst so gestresst aus", kichere ich. "Was hast du gedacht? Dass die Babys mir genau in diesem Moment aus der Vagina schießen würden?"

Er greift nach meinem Fuß und zieht mich auf das Bett. "Hör zu, Peanut. Du hältst dich wohl für besonders lustig, was?" Ich lache immer noch, als er meinen anderen Fuß packt und mich an der Bettkante festhält. Er kniet vor mir nieder und küsst meinen riesigen Bauch zärtlich. "Ich bin gestresst, denn mein ganzes Leben lang gab es nur meinen Vater und meinen Bruder, die mir wichtig waren. Und ich weiß, dass sie beide auf sich selbst aufpassen können. Jetzt muss ich mich auch noch um dich und zwei kleine Mädchen kümmern."

Ich streichle sein Gesicht und erkenne plötzlich, wie das für ihn sein muss. Nath blickt mit so viel Liebe in seinen Augen auf uns herab.

Die Babys bewegen sich in mir, als ob sie sich schon auf den Weg in die Welt vorbereiten. Ich schaue meine beiden Jungen an, mit ihren sandbraunen Haaren, ihren leuchtenden Augen und ihren glatten Nasen, und lege meine Hand über meine beiden Mädchen, die vielleicht das ganze gute Aussehen ihres Vaters erben werden, und ich erkenne, dass das alte Sprichwort völlig falsch ist. Drei sind nicht einer zu viel. Drei sind gut. Und Fünf... sind einfach perfekt.

ÜBER DIE AUTORIN

Stephanie Brother schreibt lebendige Geschichten vor allem über unartige Jungs und Stiefgeschwister. Sie fand das Verbotene schon immer faszinierend und das ist ihre Art, solche komplexen Beziehungen zu erforschen, die sich kaum einer traut, einzugehen. Frau Brother schreibt sich ihren Weg in ihren Traumjob und hofft, dass ihre Leser die emotionalen und romantischen Erfahrungen so sehr genießen werden, wie sie es beim Schreiben getan hat.

www.ingramcontent.com/pod-product-compliance
Lightning Source LLC
Chambersburg PA
CBHW031304130726
47988CB00007B/2725